LE PETIT BOSSU

—

1re SÉRIE IN-8°.

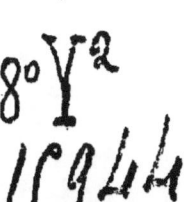

LE

PETIT BOSSU

ET

LA FAMILLE DU SABOTIER

PAR Mlle ULLIAC-TRÉMADEURE

NOUVELLE ÉDITION.

LIMOGES
EUGÉNE ARDANT ET Cie, ÉDITEURS.

LE PETIT BOSSU

ET

LA FAMILLE DU SABOTIER.

I. — LE PETIT BOSSU.

Dans un village nommé Pontscorff, qui est situé à deux lieues de Lorient, ville du département du Morbihan et l'un des meilleurs ports de mer de l'ancienne Bretagne, demeurait, il y a quelque temps, M. Arzanno, juge de paix du canton.

Il était marié, mais il n'avait pas d'enfants; Henri, le fils de son frère, lui en tenait lieu. M. Arzanno aimait Henri d'un amour paternel, et Henri, qui s'était trouvé orphelin dès sa naissance, aimait son oncle d'un amour filial.

Jamais personne ne fut plus disgracié de la nature que le pauvre Henri. Dans tout le pays on ne le nommait pas autrement que *le petit Bossu*, et ce surnom n'était que trop mérité. A peine aussi grand qu'un enfant de douze ans, il venait cependant d'entrer dans sa vingtième année. Sa tête, extrêmemen grosse, paraissait sortir de sa poitrine; il avait une bosse énorme, les jambes et les bras longs et maigres; mais sa figure n'offrait rien de repoussant; on aurait même pris plaisir à le regarder, tant ses yeux et son sourire exprimaient de bonté, si l'on n'avait pas craint de l'affliger par une attention

trop soutenue : car chacun savait combien la connaissance de
sa difformité le rendait susceptible et timide. Au collège de
Vannes, où il avait été élevé, les railleries de ses camarades
commençaient à aigrir son caractère, et il en serait peut-être
sorti presque méchant, grâce à eux, si son oncle avait trop
tardé à l'en retirer. Depuis qu'il vivait chez M. Arzanno, où
tout le monde l'aimait, il était redevenu bon.

A Pontscorff on faisait le plus grand cas de Henri. Il était
toujours le bienvenu chez le maire, chez le notaire ; mais les
deux personnes qu'il préférait, c'étaient M. le curé, qu'on
nomme recteur en ce pays, et le médecin, M. Carnoet.

M. le curé ayant servi autrefois, en qualité d'aumônier, sur
un vaisseau de la Compagnie des Indes, avait eu l'occasion
d'acquérir beaucoup de connaissances diverses. Il possédait
une assez bonne bibliothèque, à laquelle Henri recourait souvent. Quant au docteur Carnoet, il avait aussi voyagé longtemps et visité bien des pays lointains ; mais il ne lisait guère
que des livres de médecine et des journaux. En revanche, il
était fort adroit, et Henri avait appris de lui à exécuter en liége,
avec son couteau, des modèles de toutes les machines dont la
description se trouve dans les Annales des manufactures et
des arts.

Naturellement obligeant, Henri ne manquait pas d'ouvrage à
Pontscorff. Plus habile dans l'art de l'écriture que le greffier, et
même que le premier clerc de l'étude, il copiait pour son oncle
le juge-de-paix du canton, des actes de conciliation ; pour le
notaire des actes de vente ; ou bien il faisait, à la mairie, les
expéditions qu'on envoyait à Hennebon.

Tout cela cependant ne suffisait point à son activité, pas
plus que les services qu'il rendait aux nécessiteux ne suffisaient
à son humanité. Henri n'avait qu'une seule ambition, celle
d'être utile aux hommes. Instruit comme il était, il sentait le
prix de l'instruction ; il souhaitait d'en répandre le goût,
d'en faire comprendre l'utilité à ces malheureux paysans

que l'ignorance retenait dans la misère. S'il n'avait fallu que de l'argent pour faire le bien, Henri n'eût pas été embarrassé : sans être riche, il possédait de quoi vivre à l'aise, et avec ses habitudes d'ordre et de sobriété, il avait même du superflu. Mais l'argent tout seul ne suffit pas pour rendre les hommes meilleurs, sages et heureux.

La femme, les sœurs et deux cousines de M. Arzanno avaient fondé une petite école ; il y venait peu d'enfants, parce qu'on ne pouvait que difficilement persuader aux parents de quel avantage il est de savoir lire et écrire, et, dans cette école, on suivait l'ancienne routine, ce qui désolait Henri. Les enfants faisaient peu de progrès, et, pour amener des paysans bas-bretons à concevoir l'utilité de l'instruction, il aurait fallu leur faire voir les *miracles* que la méthode de Pestalozzi (1) a pu produire.

M. Arzanno, le docteur Carnoet, M. le curé lui-même, à qui le petit Bossu communiquait ses idées, l'encourageaient, tout en lui montrant les difficultés sans nombre qu'il aurait à vaincre ; et il était bien près de se laisser aller à ne rien tenter du tout, lorsque le hasard lui donna, pour ainsi dire, une famille composée de cinq enfants.

Depuis longtemps Henri devait aller, avec le docteur Carnoet, faire une visite à M. Langonel, cousin de celui-ci. La veille du jour que le vieux docteur avait choisi pour se rendre à Kéri-quelle, était un dimanche. Ce dimanche-là, après une querelle fort vive entre les paysans, qui se rassemblent sur la place les jours de fête, pour se livrer à des jeux souvent dangereux, un homme fut laissé mort, au grand effroi des habitants attirés à leurs fenêtres par le tumulte et les cris.

M. Arzanno étant juge-de-paix, et le greffier se trouvant absent, Henri dut aider son oncle à remplir des formalités bien tristes. Personne ne connaissait le malheureux qui venait de

(1) Célèbre instituteur suisse, né en 1746, mort en 1827.

succomber, et dont les vêtements annonçaient assez la misère. Dès que le procès-verbal eut été dressé, signé, que les témoins eurent été interrogés, et le corps transporté chez une pauvre femme qui se chargea de l'ensevelir, Henri alla s'enfermer dans sa chambre. Il ne reparut que le lendemain matin à l'heure du départ.

Le petit Bossu n'était point de ces faiseurs de phrases dont la sensibilité s'exhale en longs discours; mais il sentait profondément. Pendant la route, qu'il fit à cheval aux côtés du docteur Carnoet, il se montra plus silencieux et plus triste qu'à l'ordinaire.

Les deux voyageurs traversèrent Quimperlé sans s'y arrêter, et arrivèrent le soir à Kériquelle, chez M. Langonel. Henri parut reprendre sa sérénité à la vue seule d'une maison où tout le monde l'aimait, depuis les maîtres et les enfants jusqu'aux valets.

Après les premiers compliments, M. Carnoet dit à cousin que leur visite de ce jour était un peu intéressée.

« Henri, ajouta-t-il, n'a jamais vu de sabotiers. Sachant que tu viens de faire une coupe de bois, je l'ai engagé à profiter de l'occasion, et nous nous sommes mis en route. »

— Comment, Henri ! demanda M. Langonel, vous ne connaissez point nos Galos ou Galais?

HENRI. — Non, Monsieur. J'ai beaucoup entendu parler de leurs tribus errantes ; mais je n'ai pas encore eu l'occasion de m'assurer si leur sauvagerie est aussi grande qu'on le prétend.

M. LANGONEL. — Dès demain vous pourrez en juger par vos propres yeux. Les hommes seuls sont de vrais sauvages; les femmes vont aux foires, aux marchés, porter les *souliers de bois* que fabriquent leurs maris, et acquièrent ainsi un certain *usage du monde*. C'est une belle race que celle des Galais et des Galaises!

HENRI. — Je crois avoir entendu dire qu'ils parlent le français, et non le bas-breton?

M. LANGONEL. — Oui, mais un très-mauvais Français. Ils disent *chiva* pour cheval, *courroie* au lieu de croix.

HENRI. — Sont-ils tous originaires de la Haute-Bretagne ou pays Galo?

M. LANGONEL. — Presque tous. Ils conservent religieusement leurs coutumes, qui, au reste, diffèrent peu de celles de nos paysans : comme eux, ils se nourrissent de bouillie de blé noir et d'avoine ; comme eux, ils la mangent avec du lait caillé, du cidre fort ou du miel. Quant au pain, ils n'en font pas non plus usage.

LE DOCTEUR. — Cela n'a rien d'étonnant. Le pain qui se fait, dans les fermes, deux fois par mois au plus, n'est pas bon, car il est composé de farine et de son mêlés ensemble. Nos paysans n'ont garde de les séparer! Ils aiment bien mieux aller acheter, aux boulangers qui travaillent pour la ville, le son nécessaire à leur bétail, et souvent le payer à haut prix... Rien n'est plus pitoyable que les sottes combinaisons de la paresse et de l'ignorance.

M. LANGONEL. — Et elles sont, bien plutôt encore que la stérilité de la terre et le manque de travail, la cause véritable de la misère dans les villages et dans les villes ; par négligence, par paresse d'esprit et de corps, nous nous laissons aller à faire comme ont fait nos pères; puis l'entêtement s'en mêle, et nul ne veut essayer le plus léger effort pour sortir de l'ornière accoutumée.

LE DOCTEUR. — Entends-tu, Henri? mets-toi bien cela dans l'esprit, si tu persistes à vouloir réformer quelques-unes des idées fausses qui sont chevillées dans la tête de nos Bas-Bretons; tu sauras, ajouta-t-il en s'adressant à M. Langonel, que ce jeune homme a la démangeaison d'être *utile* à son pays. Il veut répandre les bienfaits de la *civilisation* jusque dans nos forêts et nos landes désertes, il prétend que chacun y peut travailler selon ses moyens : on doit donc dès aujourd'hui, dit-il, commencer à défricher et à ensemencer un terrain encore inculte, afin que ceux qui viendront après nous recueillent une belle moisson. »

Henri rougit, M. Langonel sourit, et dit en lui tendant la main : « Je ne peux qu'applaudir à cette ambition généreuse. Mais détruire l'ignorance dans ce pays n'est point une petite tâche.

— Elle n'est pas, je crois, impossible, répliqua Henri avec modestie. Pourquoi ne pas tenter de la remplir, au moins en ce qui dépend de nous.

— Tu es un brave garçon, reprit le docteur. Va, mon ami, va prêcher la honte, la misère qu'entraîne toujours l'ignorance, mais fais en sorte de ne point te décourager quand tu t'apercevras que tu prêches dans le désert ! »

II. — LES SABOTIERS.

Le lendemain, bien longtemps avant que personne fût levé dans la maison, Henri partait avec M. Langonel pour se rendre au bois de Kériquelle, où travaillaient les sabotiers.

Pendant la route, l'entretien fut très-animé. Henri parlait du sujet qui l'occupait sans cesse; M. Langonel rectifiait quelques-unes de ses idées, et lui montrait l'impossibilité de les mettre toutes à exécution.

« Il est étrange, dit soudain le petit Bossu, que nous soyons en général si bien instruits des mœurs, des arts, de l'industrie des peuples les plus lointains, tandis que, presque tous, nous ignorons les usages si variés des habitants des diverses provinces de notre pays.

— Rien n'est plus juste et plus vrai que cette remarque, répondit M. Langonel.

— Aussi, ajouta Henri, si je suis jamais assez heureux pour pouvoir éclairer, selon mes moyens, les habitants de mon village, j'aurai continuellement présente à l'esprit cette pensée que j'ai trouvée dans la préface d'un voyage au mont Pila :
« Que nous importe l'histoire de la Chine, si nous ignorons celle

» de la France, si nous ne connaissons pas le point de la sur-
» face que nous habitons ? On rirait d'un laboureur insensé
» qui abandonnerait son champ pour cultiver celui des autres.
» Avide du merveilleux en proportion de son ignorance, une
» curiosité aveugle va chercher au loin des objets extraordi-
» naires ; l'envie de s'instruire et d'être utile fait examiner les
» objets communs que la tourbe foule aux pieds (1). »

— Et c'est pour cela, dit M. Langonel en souriant, que vous
êtes venu à Kériquelle commencer vos cours d'industrie *in-
digène* et manufacturière auprès de nos sabotiers ?

—Pour cela même, répondit Henri avec un air ouvert et gai.
Il faut bien commencer par quelque chose pour arriver à connaître la manière dont se fabriquent les objets de première né-
cessité ; connaissance que si peu de gens se mettent en peine
d'acquérir. Ces *sauvages Galos*, leurs mœurs, leurs arts, sont
pour moi tout aussi intéressants que peuvent l'être ceux des
sauvages des parties les plus lointaines du monde connu. »

Plus on approchait des bords de la rivière d'Ellé, qui coule
dans les bois de Kériquelle comme encaissée entre des rochers,
plus les coups de la cognée des bûcherons abattant des arbres
et le bruit si monotone de la scie des scieurs de long, devenaient
distincts.

Bientôt Henri aperçut de loin des cabanes dont le faîte avait
la forme de ruches à miel ; c'étaient les cabanes des sabotiers.

La manière de construire ces cabanes est très-simple. Un
cercle est tracé ; on enfonce tout autour des pieux assez longs
pour donner la possibilité de se tenir debout sous l'abri qu'ils
vont former ; réunis ensuite en faisceau par le haut, où est
laissée une ouverture qui livrera passage à la fumée, ces
pieux sont garnis en travers de branches d'arbres, et les intervalles de cette espèce de treillage grossier sont remplis de terre
mêlée de mousse. Une porte également en treillage, et également

(1) Voyage au mont Pila, dans le Lyonnais.

garnie de terre mêlée de mousse, sert de clôture à la cabane, et
ne se ferme que le soir, à l'aide de traverses de bois. C'est sous
ces misérables abris que les sabotiers passent l'hiver, l'été,
l'année entière, sans s'inquiéter des loups qui viennent pendant
la nuit rôder et hurler à l'entour.

Dans l'intérieur, où règne une propreté recherchée, on trouve
pour tout meublé des escabelles, des bancs de bois, des tablettes grossièrement blanchies, sur lesquelles est étalée la
batterie de cuisine. Elle consiste en une marmite de fonte, en
un chaudron de cuivre jaune pour faire la bouillie, en un tré-
pied, et en écuelles et cuillères de bois parfaitement propres :
voilà pour le ménage. Les outils nécessaire au *bel art* de
sabotier ne sont pas beaucoup plus nombreux que les ustensiles de la ménagère. Un tronc d'arbre monté sur quatre pieds,
évidé ou encoché au milieu, c'est là l'établi ou *encoche* sur
lequel le sabotier place une paire de sabots ébauchés à la
cognée. Il les maintient dans l'encoche par le moyen de petits
coins de bois, et avec la *tarrière*, il perce la place du pied;
avec la *cuillère*, autre tarrière, il creuse la place du talon ;
puis les sabots passent dans les mains du *pareur*. Une pièce de
bois carrée, soutenue par quatre pieds, forme la table sur
laquelle est fixé par un anneau le long coutelas nommé *paroir*.
Avec ce coutelas, le sabotier opère sur le sabot comme le
boisselier ou le tourneur sur les montants et les dossiers des
chaises, qu'il *pare* en adoucissant les contours et en abattant
les angles trop aigus. Mais le paroir, objet de l'ambition de
tous, ne se voit guère que chez les sabotiers bien montés, qui
font travailler des ouvriers et fournissent des outils à leurs
journaliers. Les sabots sont ensuite portés au four, où ils
prennent cette belle couleur brun - rouge que les paysans
aiment tant. Le four est construit avec les mêmes matériaux
que les cabanes ; seulement on le garnit, en dehors et en dedans
d'une couche épaisse de terre battue.

« Vous voyez, ajouta M. Langonel, qui venait de donner ces

détails à Henri, que la quantité du bagage ne les gêne point. Partout ils trouveront du bois pour faire des encoches, des tables à paroir, des bancs, des tablettes, des escabelles ; partout aussi ils trouveront de la mousse, de la fougère, des feuilles sèches pour se former un lit.

— Mais, demanda Henri, par quel moyen sont-ils instruits que dans tel ou tel canton on a fait une coupe de bois ?

— Rien de plus simple, répondit M. Langonel. Les voilà établis ici pour deux ou trois mois ; quand le travail approchera de sa fin, le chef se mettra en campagne. L'expérience lui ayant appris quels sont les cantons où les coupes de bois ont lieu le plus fréquemment, il fait rarement des courses inutiles. Après avoir conclu un nouveau marché, il revient chercher son monde. On abandonne les cabanes et le mobilier de bois ; hommes, femmes, enfants, chargés des outils et de la batterie de cuisine, se mettent en marche, chassant devant eux le bétail : car presque tous ont au moins une vache, une chèvre et des poules. C'est dans les bois taillis, sur le bord des grands chemins, enfin dans tout ce qu'on nomme vaine pâture, que les enfants les mènent paître.

— Il me semble, dit Henri, que voilà des femmes et des jeunes filles qui font aussi des sabots ?

— Vous ne vous trompez pas ; elles les ébauchent et les parent : les femmes âgées, comme vous le voyez encore, filent du lin au fuseau. Tous, jusqu'aux enfants, ont leur besogne. Les plus jeunes réunissent en tas les copeaux. Les plus âgés rassemblent ce qu'on appelle *faux quartiers* ; ce sont les morceaux de bois mis au rebut, et dont les sabotiers doivent rendre compte au propriétaire de la coupe. »

Tandis que Henri, en écoutant M. Langonel, regardait attentivement travailler les sabotiers, il devenait lui-même, à son insu, l'objet de l'attention générale, et cette attention n'avait rien de flatteur.

Les enfants, en véritables sauvages, s'éloignaient à son approche, pour se réfugier auprès de leurs mères; les fuseaux de celles-ci cessaient de tourner, et les jeunes filles, suspendant le *parage* des sabots, attachaient sur Henri leurs yeux tout grands ouverts. Toutes éprouvaient, comme les enfants, un étonnement mêlé de crainte à l'aspect de cet être extraordinaire de si petite taille, ayant une si grosse bosse, une si grosse tête, des jambes si minces, des bras si longs : quelques vieilles femmes faisaient même le signe de la croix et marmottaient des prières, tant ce petit bossu leur paraissait à la fois extraordinaire et effrayant.

Henri s'aperçut enfin de l'effet que sa vue produisait : une vive rougeur colora aussitôt ses joues pâles, et son cœur se serra.

Ah! si les gens qui ont le bonheur de n'être point contrefaits, pouvaient se douter combien leurs regards surpris ou curieux sont pénibles à celui que la nature a privé des avantages extérieurs, ils éviteraient d'ajouter à sa peine; ils feindraient de ne point voir ce qui les surprend ou les choque. (C'est ce que font toujours les gens bien élevés, ou ceux qui ont un bon cœur ; mais de petits sabotiers n'en savent pas bien long.) Ceux-ci, n'ayant point encore vu de bossu parmi eux, auraient problablement poursuivi Henri à coups de pierres, s'il ne leur avait pas fait peur, et s'il n'avait point été dans la compagnie de M. Langonel.

Saisi tout-à-coup d'une honte bien mal fondée, le pauvre Henri, laissant M. Langonel causer avec le chef des sabotiers, passa entre deux cabanes, et marcha à l'abri de tous les regards.

Arrivé à la dernière de ces cabanes, il s'assit tout auprès sur le gazon, le cœur oppressé de la douleur qu'on venait de lui causer, en lui rappelant si cruellement ses infirmités.

III. — LA VACCINE.

Soudain l'oreille d'Henri est frappée de plaintes douloureuses: il écoute... c'étaient des enfants qui gémissaient ; une femme, leur mère, sans doute, les encourageait à souffrir avec patience; puis elle priait Dieu tout haut ; elle lui demandait le courage dont elle avait tant besoin et le suppliait d'inspirer à son mari de meilleurs sentiments.

Touché de ce qu'il entendait, le pauvre petit Bossu oublia ses propres peines ; il se leva, fit le tour de la cabane, et entra.

« Ma bonne femme, qu'avez-vous à pleurer de la sorte ?

Marie-Josèphe tourna la tête vers lui, et les enfants se pelotonnèrent les uns contre les autres sur leur lit de fougère.

« Hélas ! mon jeune Monsieur, répondit-elle en assez bon français, mes enfants sont tous malades, et leur père n'est point-là !

— Comme vous tremblez ! Je vous fais *peur*, sans doute ? ajouta Henri avec un peu d'amertume.

— Peur ! et pourquoi ? Mais le bon Dieu m'envoie tant de chagrins !... » Et elle fondit en larmes.

Henri l'obligea de s'asseoir à ses côtés quoiqu'elle ne le voulût pas d'abord.

Pendant qu'elle pleurait auprès de lui sur le banc de bois, il remarqua que, dans cette cabane, il n'y avait point d'ustensiles de cuisine, ni d'outils d'aucune espèce ; les murailles étaient nues, absolument nues, et, sur le lit de fougère, il compta cinq têtes d'enfants couvertes de bonnets ou de mouchoirs en guenilles, mais propres.

Peu à peu les larmes de Marie-Josèphe s'arrêtèrent : elle commença à raconter à Henri qu'elle et son mari, Yves Lerun, avaient connu des jours plus heureux; qu'ils avaient pu faire travailler des journaliers : c'était dans le temps où le parrain de Lerun, M. Plabennec, leur accordait sa protection.

« Mais, continua Marie-Josèphe, M. Plabennec fit une chose qui nous donna le coup de la mort. Il en dit tant et tant à Lerun qu'il me fallut laisser faire trois piqûres au bras de notre premier-né, Jacques, par un grand docteur de la ville, et cela pour l'empêcher d'avoir la petite-vérole. Qu'en arriva-t-il, mon jeune Monsieur ? Dieu nous punit d'avoir été contre sa volonté...

— Comment, contre sa volonté ?

Sans doute, mon jeune Monsieur. Des personnes sages et pieuses nous l'ont bien dit : puisque le bon Dieu nous envoie la petite-vérole, c'est qu'il veut que nous l'ayons ; empêcher ses ses enfants de l'avoir, c'est donc aller contre la volonté de Dieu. Aussi je n'ai pas voulu en laisser piquer aucun. Mes deux aînés en sont morts, de la petite-vérole ; ceux-ci l'ont tous les cinq ; si c'est la volonté de Dieu, qu'ils en meurent aussi !...

— Eh quoi ! dit Henri, très-étonné de ce qu'il entendait, est-ce donc aller contre la volonté de Dieu que de se soigner quand on est malade ; que de prévenir la petite-vérole, la fièvre, dès qu'on le peut ?

— Monsieur, c'est bien différent ! Le bon Dieu donne le remède pour le mal qui est venu ; mais s'empêcher de l'avoir, ce mal qu'il nous envoie, c'est l'offenser... Et vous allez voir, Monsieur, si cela n'est pas vrai. Du moment que Jacques eut été piqué, le doigt de Dieu fut sur lui : il n'eut pas la petite-vérole ; mais à six ans, il fit une chute qui le rendit boiteux ; à huit ans, sa taille tourna ; et enfin, Monsieur, un jour son père l'ayant mené, pour l'amuser, à la métairie de Stang, porter deux paires de sabots, Jacques voulut monter tout seul sur le cheval du métayer ; il tomba et se tua roide. Oui, oui, répéta Marie-Josèphe en pleurant, le doigt de Dieu était sur cet enfant ! Si on lui avait laissé avoir la petite-vérole, tout cela ne serait pas arrivé : Lerun n'en aurait pas pris tant de chagrin, que, de bon travailleur qu'il était, il est devenu négligent et paresseux. Pour s'empêcher de penser à notre pauvre Jacques,

Il buvait souvent un coup de trop; mais il n'est pas pour cela devenu méchant, bien au contraire! Des cinq enfants qui sont là, il n'y en a que trois qui soient à nous; les deux autres, ce sont deux pauvres petites filles qui n'avaient pas cinq ans à elles deux quand je les ai trouvées abandonnées sur la lisière du bois de Cloars, du côté de la côte. Lorsque je les amenai au logis, Yves Lerun me dit : « Marie-Josèphe, les temps sont durs! » Pas un mot de plus, mon jeune Monsieur; et pourtant il avait déjà fallu vendre nos vaches et nos chèvres! Après cela, le reste s'en est allé petit à petit, pièce à pièce. Lerun, n'ayant plus d'outils, s'est mis journalier chez un maître sabotier, ce qui rapporte si peu!... Là-dessus les enfants sont devenus malades tous ensemble; et voilà trois jours que Lerun est parti pour aller vendre à Quimperlé notre bassin de cuivre, qui ne vaut pas grand'chose, car il a été raccommodé. Lerun devait revenir tout de suite et rapporter du sucre, de la cannelle, du vin pour ces pauvres enfants... Dieu sait ce qui lui sera arrivé en route! »

Marie-Josèphe se tut : elle avait tout dit. Henri réfléchissait tristement aux effets de l'ignorance et de la superstition, lorsqu'il s'entendit appeler. Reconnaissant la voix de M. Carnoet, il se leva, alla au-devant de lui et l'amena dans la cabane.

Mais ce ne fut pas une petite affaire que d'obtenir de la mère qu'elle laissât le *Monsieur noir* approcher de ses enfants, et de ceux-ci de se montrer au docteur.

« Qu'est-ce que signifient toutes ces façons? demanda M. Carnoet à Marie-Josèphe, qui barrait le passage.

— Non, Monsieur, disait-elle, vous ne les *piquerez* pas! C'est inutile de vouloir les empêcher d'avoir la petite-vérole, car ils l'ont tous!

— Vantez-vous-en! s'écria le docteur en élevant la voix. Ah! je ne les *piquerai* pas! C'est-à-dire que, connaissant la vaccine, vous avez laissé vos enfants prendre la petite-vérole! Vous avez fait là un beau chef-d'œuvre ! Et s'ils deviennent aveugles, infirmes, malheureuse que vous êtes !

— Oh ! ce n'est pas comme Jacques, reprit Marie-Josèphe, le doigt de Dieu n'est point sur eux par ma faute !

— Que veut-elle dire ? demanda le docteur à Henri, qui lui apprit en peu de mots de quoi il s'agissait.

M. Carnoet, haussant les épaules, s'écria avec humeur : « Je n'ai rien à faire ici ! Si tous les enfants qu'on vaccine se cassaient la jambe, nous ne verrions que des boiteux ; si tous les enfants qu'on vaccine se rompaient le cou à dix ans, nous n'aurions ni soldats ni marins, depuis bientôt trente ans que cette découverte admirable a été faite ! Ecoutez, femme Lerun : voulez-vous que je vous dise d'où sont venus tous vos malheurs ? De votre ignorance, de votre superstition, et non point de la vaccine. Vous auriez conservé la protection de M. Plabennec, si vous et votre mari n'aviez pas méconnu ses bontés par le manque de confiance en lui ; votre fils ne serait pas devenu boiteux, parce que M. Plabennec vous aurait procuré un bon *rebouteux* (1), et la taille de l'enfant ne se serait point tournée par l'effet d'une jambe mal remise ; Jacques se portant bien, vous ne l'auriez pas gâté ; n'étant point gâté, il n'aurait pas fait toutes ses volontés, il n'eût point essayé de monter sur un cheval rétif, malgré la défense de son père, et dès lors il ne se serait point tué. Votre fils n'étant pas mort, Lerun aurait manqué de prétexte pour passer son temps à boire au lieu de l'employer à travailler, ce serait aujourd'hui encore un bon ouvrier, un maître ; et vous ne vous trouveriez pas dans la misère avec vos cinq enfants, malades pour couronner l'œuvre. Pensez un peu à tout cela quand vous serez seule, et vous direz avec votre mari : « C'est notre faute !... » Voyons pourtant dans quel état sont ces marmots... Ne craignez rien, je ne les *piquerai* pas, cela ne servirait à rien maintenant. »

(1) En Basse-Bretagne on nomme ainsi ceux qui se mêlent, sans être chirurgiens, de remettre les bras et les jambes cassés.

Le docteur attira le banc tout auprès du lit de fougère, s'assit, releva ses manches, et saisissant une petite main au hasard, dit avec sa grosse voix : « Qu'on se montre, ou bien l'on aura affaire à moi ! »

Pendant cette scène, un grand nombre de femmes s'étaient rassemblées devant la porte, elles y demeuraient en silence, les yeux attachés sur Henri, mais leurs regards curieux ne l'importunaient plus ; en ce moment il n'y avait de place dans son cœur que pour la pensée du bien qu'il voulait faire.

« A quoi bon du vin chaud et de la cannelle ? s'écria le docteur après avoir examiné les petits malades avec la plus grande attention. Non, non, rien de tout cela. Les choses vont bien, donnez-leur du lait coupé d'eau un peu tiède, ou du petit-lait. Ayez soin de renouveler l'air, entendez-vous, en tenant la porte toujours ouverte ; mettez dans votre cabane des branches d'arbres à foison et bien garnies de feuilles... La saison est douce, heureusement pour eux et pour vous, tout va bien, vous dis-je... je reviendrai. Mais vous, femme Lerun, vous n'êtes pas en trop bon état... Pleurez, pleurez à votre aise, cela soulage. Surtout n'écoutez pas les bonnes femmes, point de remèdes d'aucune espèce ! »

M. Carnoet sortit à ces mots, Henri resta quelques instants après lui. Sans être vu de personne, il glissa une pièce d'argent dans la main de Marie-Josèphe, et dit tout bas : « Il faut vous soigner, afin de pouvoir soigner vos enfants. Voici de quoi acheter du grain et de quoi payer le meunier pour le moudre. Je reviendrai avec le docteur Carnoet. »

IV. — LA VÉRITABLE BIENFAISANCE.

Je ne saurais vous dire tous les projets qui passèrent par la tête au petit Bossu le lendemain, puis le lendemain encore, et tous les jours suivants.

Henri, qui voulait aider le docteur dans les soins qu'exige une maladie aussi dangereuse que la petite-vérole, avait envoyé un exprès à son oncle pour le prier de lui permettre de prolonger son séjour chez M. Langonel.

En le voyant si charitable et si bon, personne, au camp des sabotiers, n'avait plus envie de fuir Henri ni de rire de sa difformité. On commençait, au contraire, à venir à sa rencontre, à l'aimer, tant la douceur et la bienfaisance donnent d'attrait à la laideur même.

Par le retour de l'exprès, Henri reçut une lettre de son oncle M. Arzanno accordait la permission demandée ; il engageait Henri à faire de son côté quelques recherches pour découvrir la famille du malheureux tué sur la place de Pontscorff, le dimanche précédent, et dont le signalement était joint à la lettre.

La lecture du signalement excita soudain, dans l'esprit du petit Bossu, la pensée que ce malheureux pouvait bien être Yves Lerun. Il prrt des informations parmi les sabotiers, et de renseignements en renseignements, Henri acquit la certitude qu'il ne s'était pas trompé. Yves Lerun avait été vu à Quimperlé, vêtu, comme le disait le signalement ; ce malheureux avait dépensé au cabaret quelque argent qu'il portait sur lui ; le jour d'après, c'est-à-dire le dimanche, il avait été rencontré à peu de distance de Pontscorff ; enfin Henri découvrit qu'il s'était informé, à un fermier du Leslé, combien on donnait d'argent aux matelots, à Lorient, pour les engager ; depuis, personne n'en avait entendu parler.

Dès que le petit Bossu fut bien sûr que les pauvres enfants du sabotier se trouvaient orphelins, il prit avec lui-même l'engagement de les adopter. Il écrivit de nouveau à son oncle pour lui soumettre son projet.

La réponse ne se fit pas attendre. M. Arzanno mandait à son neveu :

« Nous applaudissons tous, mon ami, à ce que te dicte ton

» excellent cœur. Tes tantes et moi nous t'encourageons de
» tout notre pouvoir dans cette bonne action, et voici ce que
» nous te proposons. Marguerite commence à vieillir; elle a
» besoin d'une aide pour la cuisine et pour le soin de la basse-
» cour; cette aide sera Marie-Josèphe. Son fils aîné peut travail-
» ler au jardin avec Pierre : quant aux autres enfants, nous
» verrons à quoi il sera possible de les employer.

» Je n'ai pas besoin, je crois, mon cher Henri, de te rappeler
» que recueillir chez nous cette famille et lui faire prendre
» l'habitude d'un genre de vie tout différent de celui qu'elle a
» connu jusqu'à présent, c'est nous engager à donner un état
» à chacun des enfants; c'est promettre de n'en abandonner
» jamais aucun, quels que soient, par la suite, les désagréments
» que peut nous occasionner leur manque de conduite ou leur
» ingratitude. Pense bien sérieusement à tout cela, mon ami.
» Faire le bien n'est pas toujours facile, et, quand on l'entre-
» prend, il faut le faire sans se lasser, sans se rebuter : c'est la
» seule voie pour le rendre profitable à ceux que des bienfaits
» momentanés livreraient plus tard à une misère plus grande
» encore et plus pénible à supporter. »

Henri fit ce que son oncle souhaitait : il réfléchit mûrement
à la tâche qu'il voulait s'imposer, et il en parla à M. Carnoet.

Après avoir écouté attentivement des objections dictées par
la raison, il dit au docteur : « Puisque vous ne redoutez pour
moi que le manque de constance, rien ne met obstacle à l'exécution d'un projet conçu depuis longtemps, et qui a plus d'é-
tendue que vous ne le pensez peut-être. Aucun de mes parents n'a besoin de mes secours; je veux donc disposer de la
fortune que mon père m'a laissée, et me créer une famille sans
cesse renaissante. Je veux que, même après ma mort, cinq
orphelins, filles et garçons, reçoivent une éducation bien en-
tendue qui les mette à portée de s'établir convenablement. Je
vous prierai, monsieur le Docteur, ainsi que mon oncle, de
m'aider à prendre, à ma majorité, les dispositions nécessaires

pour atteindre ce but. De la sorte, l'instruction et l'amour de
l'instruction se répandront de proche en proche... Cette fonda-
tion est bien peu de chose, je le sens. Je n'en verrai pas les
résultats; mais je mourrai satisfait cependant : car j'aurai fait
pour mon pays tout ce que je peux faire. »

— Touche là, Henri, dit M. Carnoet.

Nous parlerons de cela tout à loisir ; ne songe maintenant
qu'au devoir que tu as à remplir : c'est d'apprendre à la femme
Lerun qu'elle n'a plus de mari, et que ses enfants n'ont plus
de père.

— « J'y songe, » dit Henri tristement.

La douleur de Marie-Josèphe ne saurait se peindre. A ses
cris, les autres femmes accoururent, et Henri fut obligé de
remettre au lendemain à lui annoncer qu'il se chargeait d'elle,
de ses enfants, et que jamais il ne les abandonnerait.

La malheureuse femme ne put encore répondre aux paroles
bienveillantes de son jeune protecteur que par des larmes.
Etienne, l'aîné de ses fils, était le seul capable de comprendre
la perte que tous venaient de faire ; les autres pleuraient parce
qu'ils voyaient pleurer leur mère. Le petit Bossu laissa ignorer
à la pauvre veuve les détails qui auraient pu augmenter sa
douleur ; et, lorsqu'enfin les jeunes malades commencèrent à
entrer en convalescence, il retourna à Pontscorff. M. Carnoet
l'y avait précédé depuis quelques jours.

L'arrivée de la famille du sabotier chez M. Arzanno fut un
événement dans cette maison hospitalière. Encore défigurés
par l'affreuse maladie, qui aurait pu les rendre infirmes, les
protégés de Henri joignaient à un aspect peu attrayant, une
sauvagerie si grande, que les vieilles cousines, Mme Arzanno et
ses belles-sœurs, désespéraient de pouvoir jamais les en guérir.
Elles étaient accoutumées cependant à vaincre assez promptement la timidité des enfants du village et à gagner leur confiance; mais avec ceux-ci, rien ne réussissait. Ils ne répondaient
à aucune des questions qu'on leur faisait, et ils témoignaient

la plus entière indifférence pour ce qui aurait dû exciter du moins leur curiosité.

« Un peu de patience! disait le pauvre Henri, tout honteux de leur conduite. Ces petits malheureux sont nés au milieu des bois; ils n'ont rien vu que leurs forêts, rien entendu que la voix de leur mère ou celle des voisins, sauvages comme eux. Je me charge de les apprivoiser. »

Chaque matin il les faisait venir dans sa chambre. D'abord il avait essayé d'en obtenir les marques d'affection qu'à la fin de leur maladie les plus jeunes s'étaient hasardés à lui donner. Ses tentatives répétées n'ayant produit aucun résultat satisfaisant, Henri prit enfin le parti de les abandonner à leurs propres réflexions, et de lire, de travailler sans paraître faire attention à eux.

Le premier jour, ils restèrent tous les cinq collés contre la fenêtre, dans une immobilité complète. Le second jour, ils s'enhardirent jusqu'à tourner un peu la tête et à regarder Henri, qui était assis à son bureau et feuilletait de gros livres. Le troisième jour, le plus jeune des enfants de Marie-Josèphe, Jean-Louis, âgé tout au plus de neuf ans, ennuyé de son inaction, s'aventura à faire quelques pas pour s'approcher d'une table sur laquelle se trouvaient des modèles d'usines ou fabriques, exécutés en liége; mais, le plancher ayant craqué sous ses pieds, il s'arrêta soudain, quoiqu'il fût bien tenté de voir de plus près ces jolies petites maisons, ces petits arbres, et ces gens si occupés à différents travaux.

« Vous pouvez, mes enfants, dit Henri avec un sourire encourageant, regarder tout ce qui est ici, seulement ne touchez à rien sans ma permission. » Et il se remit à lire.

Jean-Louis consulta des yeux ses frères et ses sœurs, et il avança encore d'un pas, en leur faisant signe de le suivre. Peu à peu, tous les cinq entourèrent la table qu'ils avaient, depuis la veille, contemplée de loin plus d'une fois. De là ils marchèrent processionnellement, ayant toujours Jean-Louis à leur tête, vers une grande cloche de verre posée sur la commode, et qui renfermait beaucoup d'oiseaux empaillés. Pour mieux voir, Jean-Louis se dresse sur la pointe des pieds... Soudain il jette un grand cri, et tous reculent épouvantés.

« Qu'y a-t-il ? » demande Henri en se levant.

Jean-Louis montre du doigt la glace qui est placée au-dessus de la commode ; sa figure exprime l'effroi. Henri sourit, prend l'enfant par la main et l'obligea de revenir sur ses pas ; alors le soulevant devant la glace, il lui dit : « Qui vois-tu là ? »

Jean-Louis hésitait, se débattait, se cachait la figure dans ses deux mains.

« Qui vois-tu là-dedans ? répéta Henri en se penchant vers la glace.

— Vous, répondit enfin l'enfant un peu rassuré sans savoir pourquoi.

— Et là, qui vois-tu encore ?

Jean-Louis tourna la tête vers ses frères, puis vers la glace, puis vers ses frères, et, tout à coup s'arrachant des bras de Henri, il courut à la porte en criant : « Je veux m'en aller, moi ! je veux m'en aller !

— Tu es libre, va-t-en, » répondit Henri. Tous les autres s'élancèrent à la suite de Jean-Louis, et ils passèrent le reste de la journée enfermés dans la chambre de leur mère.

Mais, le lendemain, ils étaient à la porte de leur protecteur, bien avant l'heure à laquelle il les admettait chez lui.

Enfin, au bout de huit jours de persévérance et de patience, Henri avait amené les petits sauvages, non-seulement au point de répondre à ses questions, mais même de commencer à lui en adresser quelques-unes.

V. — PREMIÈRES NOTIONS SUR L'ÉCRITURE ET LA LECTURE.

Vous ne pouvez vous figurer tous les objets d'étonnement qui s'offraient chaque jour, chez M. Arzanno, aux enfants du sabotier. Les meubles les plus simples, les ustensiles de cuisine les plus ordinaires, le pétrin où Marguerite faisait le pain une fois la semaine, le tournebroche, les différents mets qu'ils voyaient préparer pour la table des maîtres, sans jamais y vouloir goûter, tout excitait dans leur esprit des conjectures bien singulières. Ils commençaient à se lier avec quelques enfants de leur âge; en jouant sur la place avec leurs nouveaux camarades, ils apprenaient une foule de choses et aussi quelques mots du bas-breton, car vous savez qu'on parle breton et non français dans tous les villages de la Basse-Bretagne.

Loin de leur faire faire bande à part, Henri voulait qu'ils fréquentassent ceux des enfants de Pontscorff que leurs parents envoyaient à l'école. Tous ne pouvaient qu'y gagner : les enfants du sabotier acquéraient des principes religieux; les autres recevaient d'eux les explications que leur avait données Henri, toujours prêt à répondre à leurs questions. Elles devenaient plus nombreuses chaque jour, parce qu'ils perdaient insensiblement de leur extrême timidité, et osaient montrer enfin la curiosité dont ils étaient tourmentés.

« Eh ! bien, Henri, disait parfois M. Carnoet, feras-tu quelque chose de tous tes petits sauvages?

— Pourquoi non, monsieur le docteur? répondit Henri. N'ont-ils pas reçu comme nous, de la bonté de Dieu, ce qu'il faut pour apprendre? Il s'agit seulement d'exciter leur volonté; j'y parviendrai, je crois. Le plus brut des enfants de Pontscorff en sait, il est vrai, plus que ces pauvres malheureux; et l'aîné Etienne, qui a quinze ans, pourra bien, à lui seul, me donner autant de peine que les autres. Je dirai presque la même chose de Hubert, plus jeune de deux ans. Mais, quant à Marie-Anne et à Jacqueline, ces deux orphelines que Marie-Josèphe a recueillies lorsqu'elle-même était déjà bien pauvre, elles montrent beaucoup plus de désir d'apprendre que les garçons : j'en excepte cependant Jean-Louis.

« Hier, après avoir bien hésité, il m'a dit. Qu'est-ce que vous

2

faites-là ? — J'écris. — A quoi est-ce que cela sert ? — A bien
des choses. — Dites-moi une de ces choses-là, pour voir ? —
Eh bien ! cela sert, par exemple, à faire connaître ses pensées
à un autre sans parler. — Qu'est-ce que c'est que cela, *ses
pensées?* — C'est ce qui nous vient dans la tête à propos d'une
chose que nous voyons. Tiens, ce matin, en voyant ta sœur
Jacqueline m'embrasser, tu as eu la *pensée* que tu devais m'embrasser aussi. — Ah ! c'est une *pensée* cela ! Comment est-ce
que vous feriez pour faire connaître cette pensée-là à un autre
sans parler?

» Aussitôt, continua Henri, je pris la plume et j'écrivis :
*Jean-Louis, en voyant ce matin sa sœur Jacqueline m'embrasser,
a eu la pensée qu'il devait m'embrasser aussi.* Pendant que j'é-
crivais, tous m'entouraient et suivaient bien attentivement les
mouvements de ma main. Quand j'eus fini, je lus haut ce que
je venais d'écrire. Jean-Louis faisait une petite mine tout à fait
drôle. — Cela n'est pas malin, dit-il, que vous sachiez ce qu'il
y a là-dessus, puisque vous l'y avez mis. Moi, je le sais aussi,
mais un autre qui ne le saurait pas ? — Va, lui dis-je, porter
ce papier à ma tante Rosalie dans la salle basse.

» Il partit suivi de ses frères et de ses sœurs ; quelques minutes après ils étaient de retour. Vous ne me gronderez pas ?
demanda Jean-Louis, qui est, en toute occasion, l'orateur de la
famille. — Pourquoi te gronderais-je? — C'est que j'ai fait voir
le papier à Marguerite et à Pierre, qui déjeunaient dans la cuisine ; ils m'ont dit qu'ils n'y connaissaient rien. Pourquoi cela?
— Parce qu'ils ne savent point lire. — Lire !... ce n'est pas ce
mot-là que vous m'avez dit tout à l'heure. — Non, c'est *écrire.*
Ecrire signifie tracer des lettres sur le papier avec une plume ;
lire, c'est la science de reconnaître ces lettres, de les assembler
en mots, et, par le secours de ces mots, de voir ou de lire ce
qu'un autre a écrit.

— L'enfant t'a-t-il compris? demanda M. Carnoet, qui écoutait Henri fort attentivement. — Très-bien, comme vous allez

voir. « Elle sait donc lire, votre tante Rosalie? m'a-t-il dit après un moment de réflexion.

—Tu peux répondre toi-même à ta question : qu'a fait ma tante Rosalie? — Dame! elle a pris le papier, elle a mis ses lunettes, elle a regardé, elle a dit tout de suite : *Jean-Louis, en voyant ce matin sa sœur Jacqueline m'embrasser, a eu la pensée qu'il devait m'embrasser aussi.* — Eh! bien? —Oui, elle sait lire... —Montrez-moi donc *Jean-Louis, Jacqueline* et *la pensée*, là-dessus. » Je lui indiquai les mots qu'il demandait. « C'est bien drôle! dit-il. Voulez-vous, s'il vous plaît, mettre aussi Étienne, Hubert, Marie-Anne sur le papier? » J'écrivis ces trois noms, et, m'adressant à Marie-Anne, je lui dis : « Que veux-tu, à ton tour, que je mette sur le papier? » Elle hésita, rougit et dit : «Dame! je ne sais pas! une maison, pour voir! » A peine eus-je écrit le mot *maison*, que tous s'écrièrent: » Ah! par exemple, c'est une maison ça! — Pourquoi donc demanda Hubert à mi-voix, car sa timidité est encore bien grande; pourquoi donc n'avez-vous pas fait une maison comme en voilà une sur cette image, tout le monde aurait vu tout de suite ce qui en était.

—Hubert, dit M. Carnoet en riant, a le sentiment d'une écriture universelle. Comment t'es-tu tiré de là?

—Bien simplement, répondit Henri. J'ai dit à Hubert : C'est ainsi qu'ont fait les premiers peuples pour conserver le souvenir des actions remarquables ou pour transmettre à d'autres leurs pensées. Quand ils voulaient indiquer un voyageur, ils gravaient sur le bois ou sur la pierre un homme à cheval. Deux ou plusieurs hommes combattant, signifiaient la guerre ou une bataille ; mais, avec ce moyen si borné, on ne pouvait tout dire. — Pourquoi cela? a demandé Jean-Louis. — Par exemple, mon ami, comment t'y prendrais-tu, toi, qui ne sais pas écrire, pour me faire comprendre, sans me le dire, à moi, qui sais écrire et lire, que ce matin, en voyant ta sœur m'embrasser, tu as eu la pensée d'en faire autant?

» Il m'a regardé d'un air embarrassé.

» Je suppose, ai-je ajouté, que, pour figurer le matin, tu dessines ainsi un soleil levant ; puis, ta sœur m'embrassant, et toi la regardant faire ; penses-tu que Pierre et Marguerite, qui ne savent point lire, que ma tante Rosalie, qui sait lire, que moi, qui le sais aussi, nous reconnaîtrions, sans hésiter, que tu avais la *pensée* de faire comme ta sœur, c'est-à-dire de m'embrasser ? — Pour cela, non ! s'est écriée Marie-Anne, les yeux fixés sur le trait que je venais de dessiner. On pourrait croire qu'il est jaloux, qu'il boude, ou tout autre chose. Qui donc est-ce qui a inventé cela? a demandé Jacqueline. — Quoi cela? — D'écrire. — On ignore, ai-je ajouté, charmé de sa curiosité, le nom ou les noms plutôt des inventeurs de l'écriture; car il y en a eu certainement plusieurs, et l'on a fait depuis l'époque de cette invention, bien des changements, bien des perfectionnements à cet art si utile et si admirable. Mais tous ceux qui en apportèrent l'usage dans les pays où on ne le connaissait pas encore, furent regardés, avec raison, comme des savants, des sages, des bienfaiteurs de l'humanité. Les empereurs, les rois, leur décernèrent des honneurs, des récompenses, et s'appliquèrent eux-mêmes à étudier cet art, à l'enseigner à leurs enfants : il y eut des prix institués pour ceux qui se distinguaient, comme écrivains par la manière de *peindre* ou de tracer avec régularité les caractères de l'écriture.

— J'ai peur, dit M. Carnoet, que tu ne veuille faire entrer trop de choses à la fois dans la tête de tes élèves. Tu vas leur parler d'empereurs et de rois, à eux qui ne savent seulement pas ce que c'est qu'un maire de village! Monsieur le docteur, répondit Henri, peut-être, en effet, ai-je eu tort; mais je me suis dit que mes élèves ne connaissent absolument rien de ce que savent la plupart des autres enfants de leur âge ; tout ce dont je pouvais leur parler est donc pour eux absolument nouveau : alors autant vaut exciter fortement tout d'abord leur attention, et la fixer sur des choses qu'ils doivent finir par apprendre un jour. Mon but était encore de les bien pénétrer, dès le premier moment, de l'importance de l'écriture, vers laquelle je les ai ramenés en leur montrant, un à un, les signes dont on se sert pour rendre *visibles* à l'œil les principaux *sons* formés par la voix humaine. J'ai écrit devant eux, en les prononçant, les vingt-quatre lettres de l'alphabet ; ensuite je leur ai fait remarquer que la réunion de plusieurs de ces lettres donne la représentation de ce qu'on appelle des mots, comme par exemple, *maison*, *pensée*, *Jean-Louis*, *le matin*, *Jacqueline*. Ils m'écoutaient tous avec une extrême attention ; et vous n'avez pas d'idée de la joie qu'ils ont éprouvée lorsque, après avoir répété plusieurs fois avec moi les vingt-quatre lettres de l'alphabet, ils sont parvenus à en reconnaître et à en nommer quelques-unes que je leur indiquais au hasard. J'ai promis que demain celui qui les saurait toutes ou ne se tromperait que deux fois en me les nommant, recevrait une première leçon d'écriture.

— Comment ! s'écria M. Carnoet, tu veux leur apprendre à lire et à écrire en même temps ? — Pourquoi non, monsieur le docteur ? Nous n'avons pas de temps à perdre, pour les trois aînés surtout, puisqu'il faudra les mettre en apprentissage au printemps ; afin de faciliter ces deux études, dont l'une aidera l'autre, et de hâter leurs progrès, je me servirai d'une méthode nouvelle qui donne les meilleurs résultats. C'est de faire usage de cahiers où l'exemple placé en tête de chaque page se trouve ensuite reproduit en traits légers qui guident la main inexpérimentée et l'habituent à former les contours en leur donnant une grandeur et une pente régulière. Par ce procédé, je suis parvenu à réformer mon écriture, qui était mauvaise.

— Allons, dit le docteur d'un air satisfait, pourvu que la patience ne te manque pas, tu pourras bien faire de tes sauvages des hommes civilisés et utiles à leurs pays. — Ah ! s'écria vivement Henri, avec un espoir comme celui-là la patience pourrait-elle me manquer jamais ? »

VI. — APERÇU DE QUELQUES-UNS DES PRODUITS DE L'INDUSTRIE HUMAINE.

Madame Arzanno, ses belles-sœurs et les vieilles cousines présidaient aux veillées. A partir de l'automne jusqu'au commencement du printemps, ces veillées duraient depuis cinq heures du soir jusqu'à huit. On y admettait ceux des enfants qui, le matin, avaient bien récité leurs leçons. Les petites filles tricotaient, cousaient ou marquaient, sur la surveillance de ces dames ; les jeunes garçons étaient occupés à mettre en écheveaux le fil de chanvre et de lin filé dans la maison ; Henri faisait tout haut la lecture dans des livres instructifs et amusants, en permettant à chacun de dire ses remarques et ses réflexions.

La première fois que les enfants du sabotier, qui commençaient à oser parler devant tout le monde, firent partie de la veillée, ils ne cessèrent d'avoir les yeux fixés sur les deux chandelles. C'était pour eux, depuis leur arrivée dans la maison, quelque chose de merveilleux que ces *bâtons blancs* donnant une lumière presque aussi brillante, à leur avis, que celle du jour. Accoutumés à se coucher à la nuit tombante, hiver comme été, ils ne s'étaient jamais doutés jusqu'alors qu'on pût y voir clair, quand il fait sombre, autrement qu'en allumant un fagot ou bien une branche de sapin ; ils n'avaient pas même encore eu l'occasion de brûler ces chandelles de résine ou de suif noir que le paysan bas-breton place sous le manteau de la cheminée, à cause de l'épaisse fumée qu'elles répandent, et dont la mèche d'étoupes de chanvre, pétille en lançant de nombreuses étincelles.

Plus d'une fois, dans la soirée, ils eurent envie de rire de l'usage qu'on faisait de ces espèces de ciseaux que vous connaissez tous sous le nom de mouchettes, et, quand ils allèrent se coucher, il causèrent entre eux fort longtemps au sujet des *bâtons blancs*.

« Je ne sais pas du tout avec quoi c'est fait, disait Jean-Louis.

— C'est comme ceux qu'on voit à l'église, disait Jacqueline.

— J'en avais un le jour de ma première communion, ajoutait Etienne.

— Et moi aussi, reprenait Hubert.

— Oh! je m'en souviens bien, répliquait Jean-Louis, mais c'était dur comme du vrai bois; au lieu que les bâtons blancs d'ici sont mous! Je le sais, car hier il y en avait un qui brûlait dans la cuisine; je l'ai touché, c'était tout gras; et comme je le prenais à poignée, il a cassé, ce qui a mis Marguerite si fort en colère qu'elle m'a chassé. »

Dès le lendemain, à la veillée, les enfants du sabotier travaillèrent, sans s'en douter d'abord, à préparer des mèches pour faire des *bâtons blancs*. On leur montra à se servir d'une planchette qu'on posait sur les genoux, et qui était garnie, à chaque bout, de deux montants en bois; il fallait faire tourner autour de ces deux montants un fil de coton assez gros; quand le peloton était épuisé, on réunissait ces fils, neuf par neuf, et on les nouait ensemble avec du fil de chanvre; puis on coupait toutes les mèches, ainsi composées de neuf fils doubles, en passant un couteau étroit et mince dans la rainure de l'un des montants de la planchette; on roulait légèrement chaque mèche, une à une, sur la table, et à mesure on les jetait toutes dans une grande corbeille.

« Devines-tu à quoi cela sert? demanda Henri à Jean-Louis, plus occupé de regarder ce qu'on faisait autour de lui que de travailler lui-même.

JEAN-LOUIS. — Pour ça, non!

HENRI. — Ce que nous faisons à présent, ce sont des mèches: ces mèches, garnies de suif, nous donneront des chandelles pareilles à celles qui nous éclairent en ce moment.

JEAN-LOUIS. — Bah ! des *bâtons blancs* comme ceux-là !

HENRI. — Oui, des *bâtons blancs* comme ceux-là. Est-ce qu'aucun de vous n'en avait jamais vu ?

JEAN-LOUIS. — Si fait, à l'église, sur l'autel...

HENRI. — Ce n'est pas absolument la même chose. Les cierges pour l'église sont fait avec de la cire ; la chandelle est faite avec du suif.

MARIE-ANNE. — Oh ! la cire, je sais bien ce que c'est ; les abeilles en arrangent de jolis gâteaux pour mettre leur miel. J'en ai vu de la cire, sortant des ruches, à la métairie de Ploncour. Mais cette cire-là n'était pas blanche comme celle des cierges !

HENRI. — La chaleur des ruches la jaunit quelquefois ; mais elle reprend sa blancheur naturelle quand elle a été exposée à l'air et à la rosée.

ETIENNE. — Est-ce que les abeilles font aussi le suif ? »

Cette question excita de bruyants éclats de rire : ce qui déconcerta beaucoup le pauvre garçon.

HENRI. — Pobian va nous dire d'où se tire le suif. Il en voit préparer, et il en prépare lui-même chez son père.

POBIAN. — C'est une vilaine besogne ! Il y a d'abord le suif en *branches* ; c'est tout bonnement la graisse que nous retirons du bœuf et du mouton, après qu'on les a tués et coupés par quartiers. On la met sécher dans la cour, au bout de longues perches. Après cela on la coupe par morceaux, pas plus gros qu'une noix, et on la fait fondre dans la chaudière, où il y a un peu d'eau au fond, pour empêcher qu'il ne se fasse du gratin, de mauvais gratin, ma foi ! De temps en temps on lance un filet d'eau dans la chaudière, parce que cela épure mieux la graisse à mesure qu'elle fond ; et puis on la prend avec une grande cuillère de cuivre, la *puisselle*, pour la passer à travers la *bannette*, qui est un panier d'osier tout rond, et elle coule, à travers la bannette, dans des poêles de cuivre aussi. Quand elle a un peu reposé, on la reprend avec la puiselle pour la verser dans banquets, ou bien dans des sébiles de bois qu'on a mises à tremper longtemps, pour empêcher la graisse, qui est devenue du suif, de s'y coller. Alors le suif est prêt; on le retire des sébiles en pains tout blancs, et pesant plus ou moins.

HENRI. — Mais il reste quelque chose au fond des poêles de cuivre?

POBIAN. — Ah! oui, du marc. On nomme cela de *la boulée*. Nous en faisons de la chandelle noire pour vendre aux paysans.

HENRI. — Et au fond de la bannette, ne reste-t-il pas quelque chose?

POBIAN. — Tiens! j'oubliais : oui, c'est *le creton*; cela se vend pour faire de la soupe aux chiens et pour engraisser la volaille.

HENRI. — Pobian nous a dit comment on obtenait le suif. Vous savez maintenant que nous en faisons des chandelles. Mais ce dont vous ne vous doutez certainement pas, c'est qu'avec le suif, cette matière nauséabonde, on est arrivé à faire des *bâtons blancs*, aussi solides, aussi inodores que les cierges de cire, présentant à peu près les mêmes avantages, et d'un prix beaucoup moins élevé, on les nomme *bougies stéariques*. Cette belle découverte est due à un illustre savant, M. Gay-Lussac. C'est dans de grandes usines qu'en soumettant le suif à diverses opérations, on obtient la *stéarine*, qui sert à fabriquer la *bougie*. Sa mèche, composée de fils de coton tressés, se consume sans nécessiter l'emploi des mouchettes; elle brûle et s'éteint, sans fumée ni odeur; sa lumière est blanche et régulière. Son usage se vulgarise de plus en plus, et deviendrait général si l'humble chandelle ne conservait l'avantage d'être encore moins coûteuse.

Maintenant, Pobian, qu'est-ce que ton père fait des peaux?

POBIAN. — Nous les vendons à M. le maire, pour sa tannerie. J'y vais travailler quelquefois : cela m'amuse de les gratter, ces peaux, et d'aider à les ranger dans de grandes cuves de bois enfoncées en terre et où l'on descend par une échelle.

HENRI. — Ne met-on que des peaux dans ces cuves?

PORFAN. — Excusez-moi, monsieur Henri; on y met du tan, qui est de l'écorce de chêne pilée au moulin à tan, il fait de la farine rouge, lui, tandis que le moulin de Jacques en fait de la blanche. Voici comme on s'y prend : on couche une peau au fond de la cuve et on la couvre de tan; après cela une autre peau, et puis du tan; et ainsi de suite jusqu'à ce que la cuve soit pleine. Alors on la laisse dormir deux mois, trois mois, plus ou moins, en y faisant arriver par des rigoles de bois, qui vont d'une cuve à l'autre, ce qu'ils appellent premier, second, troisième *jus* : c'est de l'eau mêlée d'acide, qui a déjà servi à tanner d'autres peaux. Le poil se détache après cela comme un bijou, en grattant un peu les peaux, et ce poil-là fait de la bourre pour les selliers. Et puis il faut sécher les peaux, les remettre en *fosse* ou en cuve, les détirer, les ressécher, les battre pour les rendre souples... Ah, bah! cela n'en finit pas. Et quand on les met en suif donc! comme chez M. Briec à Lorient, qui est hongroyeur de son état! je suis allé voir cela avec mon oncle l'aubergiste. Joli métier, ma foi; c'est là qu'il faut leur donner des bains, à ces peaux, après ceux de la tannerie! D'abord dans de l'eau d'alun jusqu'à quatre fois, et chaque fois, les ouvriers dansent dessus dans le bain même. Ensuite il faut les travailler à sec dans les greniers, en les pilant avec de gros souliers aux pieds, et puis les porter à l'étuve. Les pauvres ouvriers suent sang et eau! j'aimerais mieux être... je ne sais quoi, que hongroyeur. Jugez donc, monsieur Henri! dans l'étuve il y a une grande chaudière pleine de suif, et de mauvais suif au moins, ce qui ne sent pas bon. A côté est la table sur laquelle on étend les peaux une à une pour les couvrir de suif; quand les ouvriers les en ont bien *bourrées*, ils les frottent longtemps pour le faire entrer, et ensuite ils les arrangent en piles; après, ils les reprennent pour les passer au-dessus d'une grande grille toute couverte de charbons bien allumés, ce qui s'appelle *flamber*. Ah! quelle besogne! on étouffe dans l'étuve. Le jour que j'y étais, j'ai vu emporter deux ouvriers qui avaient l'air d'être morts. Rien qu'en prenant l'air ils sont revenus tout de suite à eux pour retourner aussitôt dans l'étuve, les pauvres diables.

JEAN-LOUIS. — Qu'est-ce qu'on fait donc avec ces peaux-là ?

HENRI. — On s'en sert pour couvrir l'impériale ou *toit* des diligences et façonner les capotes des voitures ; on en fait aussi des selles, des harnais : les cuirs hongroyés sont propres à bien des usages, et on les recherche à cause de leur souplesse, de leur force et de leur bonne qualité. Nous les tirions autrefois de la Hongrie : de là le nom de *hongroyeurs* donné à ceux qui les préparent à la manière des Hongrois. Vous ne vous figurez pas tous les apprêts qu'on fait subir aux différentes peaux pour les rendre propres à nous fournir des chaussures, des poches pour nos *binious* (1), des gants pour préserver nos mains du froid, et des fourrures pour doubler nos manteaux. Ces peaux doivent passer par les mains des tanneurs, des chamoiseurs, des hongroyeurs, du mégissier, du fourreur. Le tanneur fournit au cordonnier, au bottier, le cuir pour les empeignes, les semelles, les tiges de bottes ; le chamoiseur vend au gantier, au peaussier, ces peaux si douces dont on fait des gants, des pantalons de chasse ; le hongroyeur vend aux selliers celles qui servent à faire les harnais, les selles, les voitures ; le mégissier prépare les peaux de veaux et de mouton qui doivent conserver leur poil ; enfin le fourreur nous offre à choisir tout ce qui peut faire des manchons, des palatines, et mille autres objets de luxe. Ce ne sont pas là les seuls produits que l'homme retire de la dépouille des animaux qui, vivants, l'ont aidé à labourer son champ ou lui ont donné leur lait, dont il fait des fromages et du beurre. De leur poil, de leur laine, il fait des matelas, des couvertures, des étoffes pour se vêtir : leur chair lui offre une nourriture succulente ; leurs os, réduits en poudre ou en char-

(1) Espèce de cornemuse ou musette.

bon, de l'engrais pour la terre, du noir d'ivoire pour la peinture : travaillés, sculptés, ils nous donnent des étuis, des dés,
des peignes, et plusieurs sortes d'outils. Leurs cornes, leurs
sabots, qu'on peut scier, couper et fondre, prennent mille et
mille formes ; leurs intestins, en passant par les mains des
boyaudiers, deviennent des cordes sonores pour le violon, la
harpe, la guitare ; enfin leur graisse sert à nous éclairer pendant les longues soirées d'hiver, qu'il faudrait, sans ce secours,
passer à dormir ; ce qui abrégerait notre vie de plus de moitié.

MARIE-ANNE. — Ah ! Seigneur mon Dieu ! que vous savez
donc de choses, M. Henri !

HENRI. — Je ne sais que ce que chacun de vous peut apprendre, soit en regardant ce qui se passe journellement sous
vos yeux, soit en lisant de bons livres.

HUBERT. — On trouve donc tout dans les livres ?

HENRI. — Presque tout. Quiconque sait lire, possède le moyen
de tout apprendre et l'écriture donne la facilité de conserver le
souvenir ineffaçable de ce qu'on a appris par la lecture : on
peut ainsi le retrouver chaque fois que la mémoire hésite ou
n'apporte que des souvenirs confus.

VII. — LA VRAIE RICHESSE.

Pobian ayant averti les enfants du sabotier du jour où l'on
ferait de la chandelle de suif noir chez son père, ils s'y ren-
dirent, très-empressés de voir comment on garnit les mèches.
Celles-ci, enfilées à une baguette, furent trempées devant eux
dans la bassine où se trouvait le suif fondu ; puis on les mit à
égoutter et à refroidir, pour recommencer l'immersion, jusqu'à ce que chacune fût presque ronde et de la grosseur convenable.

Mais ce n'était pas ainsi que se fabriquait la chandelle dans
la maison de M. Arzanno : on se servait de moules d'étain qu'il

avait coulés lui-même, tant il avait d'adresse et d'industrie. Moins on est riche, plus il faut exercer ces deux facultés, surtout lorsque, étant le chef d'une famille nombreuse, on aime, avec de petits moyens, à faire le plus de bien possible.

La buanderie, transformée en atelier de chandelier, était garnie tout autour de planches posées sur des tasseaux, et percées de trous comme les planches à bouteilles. Chaque trou contenait un moule. Les enfants s'amusèrent beaucoup à introduire dans celui-ci, avec une longue aiguille, la mèche, munie, comme vous savez, d'une boucle de fil de chanvre. Ils attachaient cette boucle à la *potence*, crochet de fer tenant au petit entonnoir d'étain appelé *culot*, qu'il faut placer sur chaque moule.

Tout étant prêt, les vieilles cousines commencèrent à remplir les moules l'un après l'autre, avec le suif liquide qu'elles puisaient dans la chaudière. Le lendemain, les enfants du sabotier s'amusèrent beaucoup à séparer les culots des moules, à l'aide d'un couteau bien tranchant, et à voir les chandelles en sortir toutes faites.

« Dans les villes, disait Henri, qui prenait sa part de ce travail, en lui-même peu attrayant, les fabricants font de la chandelle toute l'année et ne font que cela. Comme, en été, le suif n'acquiert pas un degré de consistance suffisant pour que les chandelles sortent des moules aussi facilement qu'en hiver, on a imaginé d'exposer ceux-ci à la vapeur de l'eau bouillante dans un appareil fait exprès.

HUBERT. — Mais cela doit ramollir le suif encore davantage et fondre la chandelle?

HENRI. — Mon ami, on présente les moules quelques minutes à la vapeur, qui fond en effet une partie du suif, mais seulement à la superficie : alors la chandelle coule hors du moule sans effort : c'est ce qu'on appelle de la chandelle *tirée à l'eau*. Elle jaunit plus vite que l'autre, et souvent la mèche, retenant un peu d'humidité, pétille en brûlant : aussi fait-on plus de cas de celle qui a été fabriquée en hiver. La chandelle blanchit encore beaucoup mieux dans cette dernière saison qu'en été, où l'on a quelquefois de la peine à la préserver, dans les étendoirs, des rayons trop vifs du soleil. Mais si vous avez été surpris de la lumière donnée par ce que vous appeliez des *bâtons blancs*, vous le seriez bien davantage en voyant celle que répandent les grandes lampes qu'on alimente avec de l'huile ou des essences minérales, et celle plus vive encore que fournit le gaz. Le gaz, c'est ce qui donne la flamme que vous voyez sortir du bois lorsqu'il flambe dans la cheminée.

MARIE-ANNE. — Comment? Moi, je n'en ai jamais vu, du gaz.

HENRI. — Tu en vois tous les jours, au contraire ; car le gaz, je te le répète, est ce qui produit la flamme autour du bois ; c'est de l'air inflammable.

ÉTIENNE. — Ah ! par exemple, il y a de l'air dans le bois ?

HENRI. — Il y en a dans tout, mon ami ; jusque dans les pierres et les métaux les plus durs.

JEAN-LOUIS. — Cela n'est pas malin, au fait, de s'éclairer avec le gaz dont vous parlez, monsieur Henri. On n'a qu'à faire, pour cela, du feu avec une bourrée bien sèche. Pourtant la flamme n'éclaire pas comme une chandelle, et vous disiez tout à l'heure qu'elle donne une lumière plus grande !

HENRI. — N'as-tu pas remarqué que la flamme d'une chandelle est moins brillante que celle du bois ?

JEAN-LOUIS. — Oui, monsieur Henri ; mais tant s'en faut que la flamme du bois éclaire aussi bien.

HENRI. — Par la raison qu'elle est inégale et vacillante ; par la raison encore que le bois n'est pas toujours assez échauffé pour que le gaz se dégage également pur et sans relâche ; il fournit alors plus de fumée que d'air inflammable. Ces observations, et une foule d'autres encore, ont conduit un Français, M. Lebon, à concevoir la possibilité de faire des appareils où le bois, échauffé également dans toutes ses parties, pût fournir, sans flamber, le gaz inflammable qu'il contient. M. Lebon réussit, après bien des essais infructueux. Il imagina ensuite, par le moyen de tuyaux munis de robinets, de faire arriver ce gaz, en plus ou moins grande quantité, partout où il voudrait, et de donner ainsi une belle lumière, sans employer ni cire, ni suif, ni huile : ce qu'il exécuta, au grand étonnement de tout le monde. Ainsi il suffisait de tourner un robinet, et d'approcher un papier enflammé d'un petit tuyau de cuivre, pour avoir à l'instant une flamme claire et brillante.

JACQUELINE. — Mais le bois, qu'est-ce qu'on en faisait après?

HENRI. — Le bois, se trouvant réduit en charbon, servait à l'usage de la cuisine. L'invention de M. Lebon a été perfectionnée et réintroduite en France par les Anglais.

Aujourd'hui dans toutes les villes, des canalisations passent sous le pavé des rues, conduisent le gaz d'éclairage dans tous les quartiers. Ce n'est pas tout : il se dégage encore du bois, fortement ou faiblement échauffé, un acide très-âcre, connu sous le nom d'*acide pyroligneux* ; on le voit couler le long des tuyaux de poêle par où s'échappe la fumée. En soumettant cet acide à des opérations chimiques, on est parvenu à le débarrasser, presque complètement, de son odeur de fumée, et à en faire du vinaigre. Ce vinaigre de bois est bien plus fort que le vinaigre ordinaire ; on peut l'étendre dans beaucoup d'eau, et, en le mêlant avec de la mélasse, ou sirop de sucre brut, on lui donne la couleur de vinaigre de vin blanc. Mais en Angleterre le bois est rare et le charbon de terre abondant : on a donc essayé de tirer de ce dernier du gaz inflammable, et l'on a découvert qu'il en donne bien plus que le bois ; on a découvert aussi que ce procédé l'épure. Le charbon ainsi épuré a reçu le nom de *coke* ; on l'appelle également *charbon double*, à cause de sa durée dans le feu. Ne répandant plus de mauvaise odeur, le coke a pu être brûlé dans nos cuisines, dans nos cheminées, où nous le voyons figurer tantôt en bûches, tantôt en briquettes. La poussière du coke, mêlée à de la terre mouillée, donne une pâte qui prend, dans des moules, toutes les formes qu'on veut.

— Que je suis donc content de savoir tout cela! s'écrièrent ensemble les enfants du sabotier.

HENRI. — Il y a, mes enfants, une foule de choses amusantes à apprendre et que beaucoup de gens ignorent, quoiqu'ils se servent chaque jour des objets produits par bien des genres d'industrie.

— Qu'est-ce que c'est donc que cela, *l'industrie*? demanda Jean-Louis, qui avait entendu son jeune protecteur se servir souvent de ce mot.

HENRI. — *Industrie*, mon ami, veut dire le génie de l'invention ou de l'imitation uni à l'adresse de la main. Ainsi, mon oncle a de l'industrie, c'est-à-dire le génie de l'invention ou de l'imitation joint à l'adresse de la main, puisque sans avoir appris aucun métier, il est, selon le besoin, menuisier, serrurier, tourneur, et même potier d'étain : voilà ce qu'on entend par *avoir de l'industrie. Exercer de l'industrie*, c'est exercer un métier, soit à titre de fabricant qui emploie des ouvriers, soit à titre d'ouvrier seulement.

ETIENNE. — Oh! il y a bien des mots qu'on dit ici et que je ne comprends pas trop !

HENRI. — Quels sont-ils ces mots?

ETIENNE. — Dame, je ne m'en souviens plus cette à heure.

HENRI. — Si tu avais su écrire, tu les aurais notés à mesure, et aujourd'hui je pourrais t'en donner l'explication.

ETIENNE. — C'est vrai. Mais M. Henri, il y a tant de gens qui ne savent ni lire ni écrire! Comment donc font-ils, ceux-là, pour apprendre ou se souvenir ?

HENRI. — Ils restent dans leur ignorance; cette ignorance les conduit à l'ennui, l'ennui les pousse au cabaret, où ils dépensent en un jour le gain de tout une semaine. Ensuite viennent les querelles, les méchants propos, on se fait de mauvaises affaires et des ennemis, on acquiert la réputation de mauvais sujet, personne ne veut plus vous faire travailler, et vous tombez dans la misère avec vos enfants, qui meurent de faim et vont presque nus.

MARIE-ANNE. — Ah! si tous ceux qui sont riches faisaient comme vous, M. Henri, et comme votre oncle, personne ne pâtirait!

HENRI. — Les riches auraient beau faire, ils ne pourraient détruire la misère si chacun ne s'aidait pas soi-même. Je suppose que je vous donnasse tout l'argent dont je pourrais disposer, en vous disant : A présent, tirez-vous d'affaire : que feriez-vous?

ÉTIENNE. — Moi, je me ferais jardinier. J'achèterais un jardin et je vendrais au marché, comme Pierre, les fruits et les légumes.

HUBERT. — Moi, j'achèterais un métier pour faire de la toile, comme le tisserand Lahénec.

MARIE-ANNE. — Moi, je voudrais être boulangère, et j'irais, deux fois la semaine, porter mon pain à Lorient avec la femme Eliant.

JACQUELINE. — Oh! moi, j'achèterais un fer à repasser pour me faire repasseuse.

— Et toi, Jean-Louis? demanda Henri à l'enfant qui se taisait.

JEAN-LOUIS. — Oh! moi, je sais bien ce que je voudrais être!

HENRI. — Quoi donc? dis-le; dis-le sans te faire prier. »

L'enfant hésitait; il était fort rouge.

JEAN-LOUIS. — « Eh bien! je voudrais être un savant comme vous, lisant dans tous les livres, et donnant des leçons à tout le monde. »

Henri sourit et embrassa son élève, qui avait l'air bien honteux de ce qu'il venait de dire.

« C'est à merveille, reprit Henri après un moment de silence. Tout cela paraît fort raisonnable; mais je ne vois là-dedans absolument rien qu'on puisse se procurer avec de l'argent.

ÉTIENNE. — Pourtant, avec de l'argent, on peut acheter un jardin comme tout autre chose!

HENRI. — Sans nul doute. On achète le terrain, les arbres, les plantes qui s'y trouvent ; mais le talent de tailler, de greffer les uns et de faire pousser les autres ! Que ferais-tu d'un jardin, Etienne, toi qui ne sais pas distinguer encore, à la feuille, les radis des navets ? Et toi, Hubert, pourrais-tu monter un métier de tisserand, préparer la *chaîne* ou l'*ourdie*, ou seulement faire jouer avec régularité le *battant* ? Et toi, Marie-Anne, te crois-tu en état de devenir boulangère, parce que tu vois ta mère et Marguerite pétrir le pain ? Te connais-tu en farine ? sais-tu quel effet produit le levain ? saurais-tu chauffer le four à point ? Toi aussi, Jacqueline, tu as fait choix d'un métier qui exige, comme les autres, un apprentissage. L'art de repasser le linge ne se borne pas, dans les villes, ainsi qu'à Pontscorff, à dresser plus ou moins bien les bonnets tout unis de nos paysannes, et à plisser les coiffes de mes tantes. »

Les enfants se regardaient les uns les autres d'un air interdit ; Jean-Louis était le plus confus de tous, il sentait que ses prétentions étant bien au-dessus de celles de ses frères et sœurs, il avait encore moins de moyens de les soutenir.

« Voilà donc, poursuivit Henri, des choses qu'on ne peut se procurer avec de l'argent seulement ; mais on peut les acquérir sans en avoir du tout, et cela par son propre travail. Les gens riches, comme je vous le disais, peuvent alléger et non détruire la misère, à moins qu'on ne s'aide soi-même. En supposant que chacun d'eux donnât une somme d'argent à chaque pauvre, cette somme, une fois mangée, le pauvre redeviendrait pauvre, s'il n'avait, à lui, aucun moyen de gagner sa vie. Ainsi, vous le voyez, l'argent n'est pas la vraie richesse ; en possédât-on des monceaux, ces monceaux finiraient par s'épuiser, et d'autant plus vite, que lorsqu'on se croit riche, on se crée une foule de besoins, et l'on s'accoutume à dépenser sans compter. La vraie richesse de l'homme, c'est son industrie ; c'est le métier qui, en lui fournissant le pain de chaque jour, lui donne la possibilité, s'il a de l'ordre, de mettre quelque chose de côté pour sa vieillesse. S'il ne gagne pas assez pour faire des épargnes, ses enfants, auxquels il a donné un métier, auront le moyen de le nourrir à leur tour : ainsi se perpétuera, dans la famille, un trésor que ni les incendies ni les naufrages ne peuvent enlever, qu'on porte partout avec soi, et qui a de la valeur sur toute la terre. Au printemps, mes enfants, plusieurs d'entre vous iront en appentissage ; profitez donc de cet hiver pour apprendre à bien lire et à bien écrire, plus tard, vous ne pourrez consacrer à ces deux talents que vos heures de loisir ; mais, en connaissant la valeur et le parti qu'on en peut tirer pour se distinguer dans son état, pour acquérir des connaissances utiles et pour s'amuser quand les autres s'ennuient, vous ne les négligerez jamais, j'en suis certain ; car la lecture et l'écriture font partie des vraies richesses de l'homme, de ce trésor qui fournit d'autant plus qu'on y puise toujours davantage.

VIII. — L'ENSEIGNEMENT MUTUEL.

Peu de temps après cette conversation, qui avait donné beaucoup à penser aux élèves de Henri, Etienne revint tout rêveur du Bas-Pontscorff, où il était allé faire une commission.

Dès qu'on eut dîné, il emmena ses frères et ses deux sœurs tout au fond du jardin, et là il leur dit : « J'ai tant de choses à vous raconter que je ne sais par quel bout commencer. Ah ! si vous saviez ce que je viens de voir ! »

Tous les enfants se serrèrent autour de lui avec une espèce d'effroi, parce que sa figure avait une expression tout-à-fait singulière.

— Qu'as-tu donc vu ? demandèrent-ils presque tous à la fois.

— Vous vous souvenez, répliqua Etienne, comme nous étions malades et pauvres quand M. Henri nous a trouvés à Kériquelle ? Eh bien ! je viens de voir un homme et son fils encore plus malades et plus pauvres ! Le père était presque mort de faim, n'ayant rien mangé depuis quatre jours ; et le fils, pauvre garçon ! n'a rien mangé depuis deux jours, rien du tout... que de l'herbe !

— De l'herbe ! s'écria Marianne.

— Oui, de l'herbe. La femme Gourin, qui passait sur le chemin de Hennebon, s'est arrêtée comme moi en entendant cela. Elle a dit tout de suite : « Venez, j'ai encore un peu de bouillie de blé noir d'hier. » Mais le pauvre homme, qui s'appelle Briec (son fils me l'a dit, et le fils s'appelle Mathieu) était si faible, que nous avons eu bien du mal à le tirer du fossé où il a passé la nuit, cette nuit si froide ! et songez bien qu'il n'a sur lui que des lambeaux attachés avec des ficelles !

— Et le petit garçon ? demanda Jacqueline.

— Mathieu, répliqua Etienne, est en bien mauvais état ; il n'est pas aussi malade pourtant que son père. Briec n'a rien pu manger ; Mathieu, au contraire, a tout dévoré, on eût dit un loup affamé... Oh cela me serrait le cœur, rien que de le voir ! J'ai couru chez la femme Eliant pour lui demander un peu de cidre. Quand elle a su pourquoi c'était, elle est venue apporter du bouillon dans un grand pot, parce qu'elle a fait, hier dimanche, de la soupe de viande. Elle est assez riche pour en faire tous les dimanches. La femme Gourin a mis ce bouillon chauffer sur son pauvre feu, et elle en a donné un peu, bien peu, à Briec : là-dessus il s'est endormi dans le coin du foyer, et Mathieu aussi ; alors je suis vite accouru pour vous conter cela. Si Marguerite n'avait pas été là, je vous aurais tout dit avant dîner. Nous n'avons point d'argent à donner à Briec ; mais vous savez ce que M. Henri nous a dit à propos d'argent. Si vous voulez, nous ne mangerons pas notre goûter, et je le porterai à la femme Gourin ; car elle est pauvre aussi, elle, et si nous ne l'aidons pas elle ne pourra jamais nourrir ces deux malheureux, jusqu'à ce qu'ils soient en état de gagner leur vie.

— Je le veux bien, oh ! de grand cœur ! s'écria Jacqueline.

— Et moi aussi! moi aussi! dirent tous les autres.

— J'ai pensé à une autre chose, reprit Etienne. Ma mère a
de vieux habits à mon père; ils ne sont pas trop bons, mais
ils valent toujours mieux que ceux de Briec, et elle a encore
ceux qu'on nous a fait quitter lors de notre arrivée ici, pour
nous habiller de neuf : ils pourront servir pour Mathieu; nous
choisirons les meilleurs. C'est entendu, n'est-ce pas ?

— Oh! oui, oui.

— Eh bien ! je vais parler à ma mère. » Le goûter fut mis
de côté, et le soir, les enfants, quoiqu'ils se sentissent beaucoup
d'appétit, réservèrent encore une partie de leur souper. Ce n'est
pas tout : Marie-Josèphe, à qui M. Arzanno, à son entrée dans
la maison, avait donné un peu d'argent, envoya Hubert acheter de la chandelle de suif noir chez le père de Pobian. Elle
voulait travailler toute la nuit pour raccommoder le mieux possible les vêtements destinés à Briec et à Mathieu, et elle avait
assez de délicatesse pour sentir que M. Arzanno ne devait point
fournir la lumière pour cette longue veillée. Marie-Anne et
Jacqueline aidaient leur mère autant qu'elles en étaient capables; pendant ce temps les trois garçons tâchaient de donner
un air neuf à des sabots encore fort bons, en les *parant* avec
leurs couteaux.

Je ne saurais vous dire la joie que tous éprouvèrent le lendemain lorsque, ayant obtenu la permission d'aller faire un
tour au Bas-Pontscorff, ils arrivèrent en courant chez la
femme Gourin. Cette joie fut encore augmentée par l'étonnement de Briec et de Mathieu, qui ne pouvaient croire à leur
bonne fortune. Pendant plus de huit jours ce fut à qui se pri-
verait pour fournir à leurs besoins.

En voyant ces deux malheureux renaître à la vie, les enfants
du sabotier goûtaient les jouissances si douces que donne la
bienfaisance : ils sentaient que l'argent seul ne procure pas les
moyens de faire du bien : qu'il faut surtout une charité vraie,
unie à la persévérance, et qu'avec cela, quelque peu qu'on

possède, il est toujours possible de soulager plus pauvre que soi. La femme Gourin, d'ailleurs, venait de leur en fournir la preuve, elle était dans la plus grande misère, et pourtant elle n'avait pas hésité à offrir pour asile sa pauvre chaumière, et à donner une place devant son foyer chauffé par de la bouse de vache. Aussi, de ce moment, les enfants du sabotier la prirent si bien en amitié, que par la suite elle ne manqua jamais du nécessaire.

Les secours qu'ils avaient donnés à Brice et à son fils, quoique bien médiocres, portèrent bientôt des fruits. Brice, faute de vêtements, n'avait pu trouver d'ouvrage nulle part ; dès qu'il fut passablement habillé et rétabli par une bonne nourriture, il se présenta chez M. le maire comme ouvrier tanneur de Quimperlé. M. le maire promit de l'occuper et l'occupa en effet. Quant à Mathieu, la femme Éliant le plaça chez Jacques comme apprenti garde-moulin.

Ainsi que le sabotier Yves Lerun, Brice avait connu des jours plus heureux. Ayant perdu sa femme, il s'était de même livré au chagrin, et, de même, il était allé chercher au cabaret l'oubli de ses peines, sans y trouver autre chose que la maladie et la misère. Après avoir épuisé ses dernières ressources, honteux d'une pauvreté qui était son ouvrage, il avait quitté avec son fils sa ville natale, Quimperlé, ne sachant où aller. Si la femme Gourin et Étienne ne l'avaient pas découvert dans le fossé auprès duquel pleurait Mathieu, tous deux, sans aucun doute, seraient morts de faim, car ils avaient trop de fierté pour demander l'aumône.

Henri, informé de ce qui se passait, ayant tout dit à son oncle, M. Arzanno l'avait engagé à laisser faire les enfants du sabotier.

« Ne te mêle pas de cette affaire, avait-il ajouté. Laisse-leur apprendre par eux-mêmes, et par l'exemple de la femme Gourin, qu'on n'a pas besoin d'être riche pour secourir son prochain ; qu'avec de la bonne volonté et un bon cœur on trouve les moyens d'être utile. S'ils ont besoin de ton secours, ils sauront bien le demander ; le leur offrir, ce serait les empêcher d'agir. Pour faire le bien, il faut savoir s'imposer des privations, et non importuner ceux dont la bonté nous est connue. Si je ne me trompe, Jean-Louis aura une requête à t'adresser en faveur de Mathieu. Celui-ci sait lire très-couramment, mais non pas écrire. Je crois que Jean-Louis a envie de lui enseigner ce que lui-même ignore. »

Henri sourit.

Peu de jours après, en effet, Jean-Louis, les joues tout en feu exprima le désir qu'il éprouvait de montrer à écrire à Mathieu. Son jeune protecteur voulut qu'il racontât d'abord l'histoire de ce Mathieu, qui avait quatre ans de plus que lui.

Lorsque Jean-Louis eut tout dit : « Pourquoi, demanda Henri, aucun de vous ne m'a-t-il encore parlé de tout cela?

— Oh ! nous vous aurions tout dit, s'écria Marie-Anne, si M. le maire avait refusé de l'ouvrage à Brieo ; mais ma mère, voyant que cela s'arrangeait, et que Mathieu entrait comme apprenti au moulin de Jacques, a trouvé qu'il fallait garder votre bonté pour une autre fois.

— Et cette autre fois, ajouta Hubert, pourra venir bientôt ; car nous n'avons plus rien à donner maintenant et l'on rencontre tous les jours tant de malheureux qui ont besoin d'habits, de sabots, de tout.

Henri. — Vous aurez toujours quelque chose à donner tant que vous serez dans cette maison.

Jacqueline. — Quoi donc ?

Jean-Louis. — Notre goûter, et la moitié de notre souper.

Henri. — Autre chose encore.

Jean-Louis. — Dame ! pour le coup je ne devine pas !

Henri. — Comment, tu ne devines pas ! C'est ton temps, mon ami ; ce temps dont chacun de vous est libre de consacrer un partie à l'instruction de ceux qui savent moins encore.

JEAN-LOUIS. — Ah! c'est vrai. Nous pouvons donner des leçons de lecture, d'écriture, quoique pourtant...

HENRI. — Non-seulement de lecture et d'écriture, mais de tout ce que vous apprendrez, et ces leçons ne forment pas une des parties les moins importantes des devoirs de la charité.

JEAN-LOUIS. — Oh! je me souviens bien de ce que vous nous avez dit l'autre jour au sujet des vraies richesses. Pourtant si j'avais eu de l'argent, j'en aurais donné à Mathieu. Mais, après, j'ai bien vu qu'il valait mieux lui laisser apprendre le métier de garde-moulin, parce que, quand il le saura, il pourra devenir premier garçon, et avoir ainsi un trésor qu'il portera partout avec lui, et partout il trouvera à gagner sa vie.

HENRI. — Et qui sait si, ayant appris à lire, à écrire, à compter, et s'étant occupé d'acquérir les connaissances relatives à son état, il ne pourra pas être employé à Lorient comme garde-magasin des farines, faire d'abord quelques petites spéculations, et enfin devenir marchand de grains.

— C'est pourtant vrai! dirent tous les enfants frappés de ces paroles, qui leur ouvraient à eux-mêmes une si vaste carrière.

— Mes enfants, reprit Henri, vous ne savez rien encore, mais vous apprenez chaque jour; le peu que vous apprenez, vous pouvez déjà l'enseigner à d'autres, si vous en avez la volonté ferme. Mathieu peut donc, dès à présent, devenir l'un de vos écoliers du dimanche. S'il vous en vient d'autres, nous fonderons une petite école d'enseignement mutuel.

— Qu'est-ce que c'est que cela? demanda Jean-Louis.

— On appelle ainsi, mon ami, les écoles où les enfants sont tour-à-tour écoliers et maîtres. Ainsi, par exemple, Mathieu sait lire mieux qu'aucun de vous; mais il ne sait pas écrire du tout. Eh bien! Mathieu vous fera lire, et vous le ferez écrire.

Jean-Louis bondit de joie.

— Il faudra, ajouta Henri, apporter bien de l'attention,

encore plus d'attention aux leçons que je vous donne, afin de pouvoir indiquer à votre écolier la manière de s'y prendre pour rendre son travail plus facile.

Le dimanche suivant, la première leçon d'écriture fut donnée à Mathieu, et, le dimanche d'après, celui-ci amena avec lui le fils de son maître et deux autres enfants du Bas-Pontscorff: ainsi s'établit la première école mutuelle qui eût été vue dans le pays.

IX. — LA TERRE, LE SOLEIL ET LA LUNE.

Les lectures faites par Henri, pendant les longues veillées, excitaient une foule d'idées nouvelles dans l'esprit de ses jeunes auditeurs. C'étaient M. Arzanno, M. le recteur et le docteur Carnoet, qui indiquaient au petit Bossu les livres qu'ils jugeaient les plus convenables pour donner à ces enfants quelques-unes des connaissances générales que chacun peut et doit acquérir.

« Commence par les masses, disaient-ils tous les trois, les détails viendront après et se classeront mieux dans leur mémoire.

— Tu veux, ajoutait M. Arzanno, qu'ils connaissent, en partie du moins, la France, leur pays; mais ce n'est pas une raison pour leur laisser ignorer qu'il en existe d'autres. Attire, au contraire, leur attention sur les connaissances des anciens peuples, en fait de géographie : parle-leur des erreurs des Grecs, qui se représentaient la terre comme un immense plateau entouré d'eau salée, et qui croyaient que le soleil se couchait dans l'Océan tous les soirs pour en sortir le lendemain, de l'autre côté du plateau. Montre-leur les limites de la terre, reculées de beaucoup par les découvertes des premiers navigateurs. Dis-leur aussi comment d'autres navigateurs plus hardis, ayant poussé plus loin leur course sur les mers, furent amenés à penser que la terre pouvait bien avoir la forme d'une boule, plutôt que celle d'un vaste plateau entouré d'eau.

3

— Ton oncle a raison, disait à son tour M. le recteur. Le système terrestre des Grecs anciens te fournira tout naturellement l'occasion de parler à tes élèves de leur système planétaire, non moins ridicule, et qui a prévalu pendant tant de siècles. L'ignorance des hommes rendait les astres esclaves de la terre et les faisait tourner autour de nous, tandis qu'au contraire c'est la terre qui tourne à la fois sur elle-même en vingt-quatre heures, et autour du soleil en trois cent soixante-cinq jours. De ces deux mouvements résultent, pour nous, *l'illusion* du lever et du coucher du soleil, et le *fait* bien réel du changement des saisons.

— Mais, répondit Henri, j'ai déjà tenté ce que M. le recteur et vous, mon oncle, me conseillez tous les deux, et ces enfants ne m'ont pas compris.

— Sais-tu pourquoi? s'écria le docteur, qui avait gardé quelque temps le silence; c'est que tu t'y es pris avec tout l'appareil de la science. Une boule de bilboquet, ou une pomme, pour figurer la terre, une chandelle, pour figurer le soleil, t'auraient aidé à rendre ces démonstrations sensibles bien plus que ton globe terrestre. Les cercles qui l'entourent, les lignes qui le divisent, ont distrait leur attention et en même temps embrouillé leurs idées. C'est avec une pomme que ma mère, qui n'était rien moins que savante, m'a donné les premières notions de géographie. Je veux les donner dès ce soir à tes élèves : je viendrai à la veillée, et nous verrons s'ils ne me comprendront pas bien. »

Le docteur tint parole; et comme il n'aimait pas les lenteurs, il entra promptement en matière.

« Viens ici, Étienne, dit-il à l'aîné des enfants du sabotier. Tu as vu la mer?

ÉTIENNE. — Oui, Monsieur; quand j'étais tout petit, j'allais, le dimanche, avec des camarades, ramasser des coquillages sur la pointe de Bémeil.

LE DOCTEUR. — De là, n'est-ce pas, on découvre les îles des Glénans?

ETIENNE. — Oui, Monsieur, surtout l'île des Moutons.

LE DOCTEUR. — Et plus loin, la mer? et encore plus loin, tout autour de soi?

ETIENNE. — Mais rien, Monsieur.

LE DOCTEUR. — Rien! et le ciel donc, qui va en s'arrondissant à l'horizon?

ETIENNE. — Ah! c'est vrai! Et même une fois Hoëdic, le pêcheur, m'a pris dans sa barque pour me mener bien loin, bien loin! si loin qu'on ne voyait plus que le ciel et l'eau.

LE DOCTEUR. — Ah ça! quand vous êtes revenus, le rivage ne t'a-t-il pas fait l'effet de *monter* comme s'il *sortait* de la mer.

ETIENNE. — C'est vrai, voilà que je m'en souviens! Encore autre chose, Monsieur. Tout au bout, sous le ciel, bien loin, j'ai vu quelque chose en pleine mer. Hoëdic m'a dit : « C'est un vaisseau; regarde, et tu vas le voir monter sur le ciel. » Le ciel était rouge et clair par derrière; cela fait que j'ai vu monter un mât d'abord, et puis un autre, et puis les voiles, et puis le vaisseau. Alors j'ai dit à Hoëdic : « D'où sort-il donc, ce vaisseau? Il était donc au fond de l'eau? » Ce qui l'a fait rire.

LE DOCTEUR. — Si le pêcheur avait su que la terre est ronde, au lieu de rire il t'aurait dit : « Ce vaisseau ne sort pas de l'eau, l'eau dans laquelle il navigue lui offre une surface aussi plate que celle où nous nous trouvons en ce moment; et cependant cette surface n'est point absolument plate, pas plus que cette moitié de pomme, » ajouta le docteur en coupant une pomme en deux et en mettant le côté plat sur la table. Puis il demanda des épingles aux vieilles cousines, un peu de papier, une paire de ciseaux, et, dans un instant, il eut découpé un petit bateau de pêcheur et un vaisseau de guerre. Tous les enfants avaient les yeux fixés avec la plus grande attention sur ce qu'il faisait.

M. Carnoet plaça, d'un côté de la moitié de pomme, l'épingle à laquelle il avait attaché, en guise de pavillon, le bateau de pêcheur.

« Voici, dit-il, je suppose, le bateau d'Hoddic, et voici le vaisseau, » et il plaça de même, au côté opposé, la seconde épingle surmontée du vaisseau. « Dans la position où les voilà, ajouta-t-il, ils ne peuvent se voir, n'est-ce pas? Pourquoi cela? parce que cette moitié de pomme forme une demi-boule dont la courbure les cache l'un à l'autre. Maintenant faisons avancer le vaisseau. La mâture du vaisseau, étant fort élevée, se montrera la première au-dessus de cette courbe que fait la pomme ; et les gens du bateau diront : « Voilà un vaisseau qui *monte* à l'horizon. » Le vaisseau *monte* en effet comme vous voyez; mais il n'était pas *dans* l'eau, il ne *sort* pas de l'eau; il suit seulement, en naviguant, cette courbe qui le cachait d'abord aux gens du bateau. Pour expliquer ce phénomène, mille et mille fois reproduit, il fallait bien conclure que la terre devait être ronde, et c'est ce dont on ne peut plus douter.

HUBERT. — Mais, Monsieur, si la terre est ronde comme une boule, comment les eaux peuvent-elles tenir dessus?

JEAN-LOUIS. — Et nous donc?

POBIAN. — Et les maisons, et tout?

LE DOCTEUR. — C'est ce que nous saurons plus tard.

» D'autres remarques encore ont amené à reconnaître avec certitude la forme de la terre. Par exemple, les navigateurs qui les premiers en ont fait le tour, se sont trouvés bien surpris, après avoir voyagé toujours dans la même direction, de se voir revenus au lieu d'où ils étaient partis : résultat fort singulier, et qu'il eût été impossible d'obtenir si la terre avait été plate, en effet, ainsi qu'on le croyait à cette époque. On commença donc dès-lors à entrevoir la vérité, à penser que la terre pouvait être ronde, puis à se persuader qu'elle devait l'être. Plus tard encore, on reconnut enfin qu'elle offre la figure d'une boule légèrement aplatie vers les pôles.

» Ce n'est pas tout; pendant bien des siècles, c'est-à-dire bien des *cent ans*, on s'est imaginé que le soleil et la voûte étoilée tournaient autour de notre globe. Les observations nombreuses faites dans divers pays par des savants nommés *astronomes*, du nom des astres, dont ils étudient les mouvements, semblaient avoir établi solidement ce système, lorsqu'un homme à jamais célébre, Copernic, né à Thorn, en Prusse, entrevit et osa dire que c'est la terre qui tourne, sous la voûte étoilée, autour du soleil ; vérité généralement reconnue maintenant.

» Pour peu que vous en ayez la volonté, je vais vous faire comprendre le mouvement de la terre autour du soleil.

» Mais d'abord, je dois vous apprendre ce que pensent quelques savants au sujet du soleil. Les uns le regardent comme une boule lumineuse ; les autres comme une boule opaque entourée d'une atmosphère lumineuse. Quoi qu'il en puisse être, ce qu'il y a de certain, c'est que le soleil a un *mouvement de rotation*, ce qui signifie qu'il tourne sur lui-même dans l'espace de vingt-cinq jours et huit heures.

ÉTIENNE. — Mais, Monsieur, comment sait-on cela, puisqu'on ne peut seulement pas le regarder ?

LE DOCTEUR. — On a trouvé le moyen de le regarder, en se servant de verres noircis, à la fumée d'une chandelle, et l'on a découvert des taches qui disparaissent pour reparaître à des époques déterminées. Ces taches sont de différentes grandeurs, et plusieurs ont deux et trois fois l'étendue de la terre. Leur disparition et leur retour périodique ont donné la preuve que le soleil tourne sur lui-même, et les altérations qu'elles subissent dans leur forme ont aidé à faire reconnaître que le soleil est en effet une boule. Ces taches, généralement irrégulières et presque rondes, deviennent demi-rondes, puis diminuent encore. Elles n'ont plus que la largeur d'une ligne au moment où elles vont disparaître, à gauche du soleil, je suppose, pour reparaître à droite et grossir, s'étendre, s'élargir quelques jours après : ce qui n'aurait point lieu si le soleil était une surface plate et s'il ne tournait pas sur lui-même.

HUBERT. — Jamais je n'aurais eu l'idée de prendre garde à tout cela !

— Et tout cela est pourtant bien amusant ! s'écrièrent les enfants. Ils étaient enchantés de pouvoir comprendre, sans trop de peines, des choses si étonnantes et si belles.

LE DOCTEUR. — Cette chandelle, vous le voyez, éclaire toute la salle ; de même le soleil éclaire toutes les planètes, y compris la nôtre : car la terre est aussi une planète. Quoiqu'il soit environ à trente-huit millions de lieues environ de notre globe, il ne faut, aux rayons lumineux qu'il darde autour de lui, que huit minutes et treize secondes pour arriver jusqu'à nous.

POBIAN. — Ce sont là de fameux coureurs ! Faire trente-huit millions de lieues en huit minutes et treize secondes !

JEAN-LOUIS. — Monsieur, combien cela fait-il donc, trente-huit millions de lieues ?

LE DOCTEUR. — Lequel d'entre vous sait ce que c'est qu'un million... ?

POBIAN. — Moi, Monsieur. Dix fois dix font cent, dix fois cent font mille, dix fois cent mille font un million !

LE DOCTEUR. — Et trois cent quatre-vingt fois cent mille donnent tout juste trente-huit millions.

JEAN-LOUIS. — Ah ! mon Dieu ! cela fait peur, au moins ! trois cent quatre-vingt fois cent mille !...

LE DOCTEUR. — Revenons maintenant aux deux mouvements exécutés par la terre : l'un sur elle-même, et l'autre autour du soleil.

Nous avons imaginé de supposer la terre traversée par un *axe*, sur lequel elle tourne comme une roue sur son essieu, et comme va tourner notre pomme sur cette aiguille à tricoter. L'aiguille à tricoter, c'est *l'axe* qui passe par le centre de la pomme, et la traverse de la mouche à la queue : la pomme nous représente la terre ; la mouche que je tiens ainsi élevée, c'est le pôle nord ; la queue, c'est le pôle sud. Regardez bien ; je fais tourner la pomme sur elle-même : tel est le mouvement de *rotation* que la terre exécute en vingt-quatre heures ; en même temps je fais tourner la pomme autour de la chandelle : ainsi tourne la terre autour du soleil en trois cent soixante-cinq jours, c'est-à-dire en une année. Remarquez encore une chose : c'est que je ne fais pas décrire à la pomme un cercle parfait autour de la chandelle, parce que ce serait vous donner une idée fausse de la marche de la terre : la terre trace autour du soleil la figure d'une *ellipse* ou ovale, peu allongé cependant.

POBIAN. — Je sais ce que c'est qu'un *ovale* : c'est la figure d'un œuf ou bien un *O* de l'écriture anglaise.

LE DOCTEUR. — Sans cesser un instant de tourner sur elle-même, la terre met une année, comme je viens de vous le dire, à parcourir l'orbite qu'elle décrit autour du soleil, et au bout de l'année elle arrive presque au point d'où elle était partie, pour recommencer l'année d'ensuite le même voyage.

JEAN-LOUIS. — Monsieur, comment font les gens qui sont de ce côté-ci de la terre ?

Et il montrait le côté de la pomme qui se trouvait dans l'ombre.

LE DOCTEUR. — Ils font comme nous, la veillée, ou bien ils vont se coucher, parce que, pour eux, la nuit est venue.

— Ah ! je comprends ! s'écria l'enfant avec un mouvement de joie. Quand il fait jour d'un côté de la terre, il fait nuit de l'autre.

LE DOCTEUR. — Justement ; il n'y a qu'un soleil pour tout le monde.

JACQUELINE. — Et c'est à cause de cela que la terre tourne, afin que chacun y voie clair à son tour ? Ah ! que le bon Dieu est bon ! il n'oublie personne !

HUBERT. — Puisque c'est comme cela, les gens qui sont de l'autre côté de la terre, et qui ont le soleil maintenant, vont se lever à cette heure où nous allons nous coucher, n'est-ce pas, Monsieur ?

LE DOCTEUR. — Oui mon ami. La rotation de la terre, qu'on

appelle *mouvement diurne*, amène, tu le vois, en vingt-quatre
heures, la succession du jour et de la nuit ; succession à peu
près égale pour nous, par exemple, qui habitons un climat
tempéré. Plus tard nous apprendrons comment et pourquoi la
lumière du jour et les ombres de la nuit ne sont pas et ne peuvent pas être également réparties sur toute la surface du globe ;
plus tard nous verrons bien clairement de quelle manière, par
l'effet du mouvement de la terre autour du soleil, s'opère le
changement des saisons. Alors encore nous remarquerons
qu'en hiver, époque où le soleil est plus près de nous qu'en
été, ses rayons donnent bien moins de chaleur, parce qu'ils
nous arrivent obliquement ; qu'en été, époque où il est plus
éloigné de nous, il donne une chaleur plus vive, parce que ses
rayons nous arrivent verticalement.

ÉTIENNE. — Eh bien ! j'aurais cru que c'était tout justement
le contraire !

— Et la lune ? dit à son tour Henri, qui avait jusqu'alors
gardé le silence. Personne n'y pense à cette pauvre lune !

- - Ah ! c'est vrai ! s'écrièrent plusieurs enfants. Oh !
Monsieur, faites-nous voir, s'il vous plaît, comment fait la
lune ?

JEAN-LOUIS. — Je voudrais bien savoir pourquoi elle nous
montre les cornes tantôt à gauche, tantôt à droite !

LE DOCTEUR. — Je vous ai dit, vous vous en souvenez, que
toutes les planètes tournent autour du soleil. Quelques-unes
ont des *satellites*, planètes plus petites, qui tournent autour
des principales. Notre satellite à nous, c'est la lune, quarante-
neuf fois plus petite que la terre.

» La terre n'est point, comme le soleil, une boule lumineuse,
c'est une boule opaque qui reçoit de lui la lumière, et nous la
renvoie, ainsi que le ferait un miroir. Elle met vingt-sept
jours et sept heures à opérer autour de la terre sa *révolution* ;
vous vous rappelez qu'on nomme ainsi *l'orbite* elliptique que
les planètes décrivent autour du soleil ; les satellites en décri-

vent de pareilles autour de leur planète. La *nouvelle lune* ne devient *visible* qu'au bout de quelques jours. Alors apparaît un filet mince, légèrement arrondi en forme de croissant, et peu lumineux. Au *premier quartier*, la lune commence à montrer *ses cornes*, qui sont tournées du côté du *levant*. Sept jours après le croissant s'élargit : bientôt il prend la forme d'une moitié de fromage rond, puis d'un ovale. Sept jours encore après, la lune nous apparaît tout entière ; cette *phase* est celle que nous nommons *pleine lune*.

» Ensuite la lune décroît ; l'ovale, la moitié de fromage reparaissent, puis le croissant, dont les *cornes* cette fois sont tournées du côté du *couchant*, et nous avons le *dernier quartier*.

Étienne. — Oui, Monsieur, c'est bien comme cela que fait la lune ; mais pourquoi fait-elle comme cela ?

Le docteur. — Je vous ai dit tout-à-l'heure que la lune n'est point lumineuse par elle-même ; qu'elle réfléchit et nous renvoie la lumière du soleil ; mais, pour la réfléchir et nous la renvoyer, il faut à la fois qu'elle soit placée de manière à la recevoir et à nous la transmettre, et c'est ce qui n'a point lieu pour la *nouvelle lune*. Cette pelote de coton va figurer la lune.

» La voici, par rapport à notre pomme, placée du même côté que la chandelle ; vous voyez que la partie éclairée se tenant du côté de la chandelle, l'autre partie, qui est dans l'ombre, ne peut être *visible* pour les habitants de la pomme. Plaçons maintenant la pelote de coton à droite ou à gauche de la pomme, un quart devient *visible* aux habitants de la pomme ; ce quart sera le premier ou le dernier quartier, suivant que nous mettrons notre pelote à droite ou à gauche. Si maintenant je la place en *opposition directe*, ou face à face avec la chandelle, les habitants de ce côté-ci de la pomme auront pleine lune

Pobian. — Et les éclipses, Monsieur ? mon père en a vu une de soleil dont il nous a parlé souvent.

Le docteur. — Dans l'ellipse que la lune trace autour de

nous en tournant avec nous autour du soleil, elle se trouve
quelquefois entre le soleil et la terre, comme lorsque cette pelote
de coton est entre la chandelle et la pomme : la lune étant un
corps opaque, intercepte la lumière du soleil, *l'éclipse* en tota-
lité ou en partie, et nous avons une éclipse de soleil. De même,
pour les éclipses de lune, quand la terre se trouve placée entre
le soleil et la lune : celle-ci est éclipsée par *l'ombre* de notre
globe, qui est, vous le savez, quarante-neuf fois plus gros que
la lune.

» Voyons, faisons une éclipse de soleil avec notre pelote de
coton, en la plaçant entre la chandelle et la pomme... Maintenant plaçons la pomme entre la chandelle et la pelote de coton
pour avoir une éclipse de lune... Mais en voilà bien assez pour
ce soir. Ce que vous m'avez vu faire avec cette chandelle, cette
pomme et ce peloton, vous pourrez le répéter vous-mêmes jusqu'à ce que vous soyez parvenus à vous rendre compte clairement d'une chose qu'il est bon de savoir.

» Ce résultat de la science et des recherches sans nombre de
l'homme, vous montre *qu'il peut tout ce qu'il veut*, et que,
dans un petit coin de son cerveau, peut entrer la conception
d'une grandeur sans bornes. Bonsoir. Pendant la nuit notre
globe va continuer de tourner, et demain ce sera à notre tour
de revoir le soleil. »

X. — LES ANTIPODES.

Vous pensez bien que, les jours suivants, Henri fut accablé
d'une foule de questions, et que, dans les veillées, on renouvela
plus d'une fois les démonstrations de M. Carnoet. Chacun put
se convaincre ainsi, par ses propres expériences, qu'en effet la
terre doit nécessairement être ronde, et qu'elle tourne autour
du soleil en décrivant. dans les vingt-quatre heures, un mou-

vement de rotation. On s'assura aussi comment il est impossible que la *nouvelle lune* soit visible, la partie *éclairée* se trouvant du côté du soleil, et comment, au premier quartier, elle présente un croissant dont les cornes regardent du côté du levant.

« Mais, disait Etienne, la terre ne peut pas être absolument ronde comme cette pomme, puisqu'il y a dessus des forêts et des montagnes. Songez un peu, monsieur Henri, au mont Saint-Michel, à Quimperlé! Il est d'une belle hauteur, quand on est au pied, dans le Bourg-Neuf! »

Henri se mit à rire, et répondit : « Imagine-toi que le mont Saint-Michel n'est pas aussi haut qu'une *taupinière*, en comparaison des montagnes du Thibet, les plus hautes du globe entier. Eh bien! les montagnes du Thibet, quelques gigantesques que tu puisses te les figurer, ne sont pas plus élevées, relativement à la surface de la terre, que ne l'est, relativement à la surface de cette pomme, l'espèce de petite *butte* que tu vois là sur la peau. »

Etienne ouvrit de grands yeux, et tous les enfants s'entre-regardèrent avec étonnement.

POBIAN. — Monsieur Henri, pourquoi donc les jours sont-ils plus longs en été qu'en hiver?

HENRI. — Vous n'avez pas oublié, je pense, ce que M. le docteur vous a dit l'autre soir, de l'ellipse décrite par la terre autour du soleil, dans l'espace de trois cent soixante-cinq jours?

POBIAN. — Non, monsieur Henri; et même je me suis amusé à dessiner une ellipse ou ovale avec le soleil au milieu.

HENRI. — Voyons? Ton ovale est trop allongé, et ensuite le soleil ne doit pas être placé précisément *au milieu.* Il se trouve, ici, un peu plus sur la droite. Ce point de l'ovale, également à droite, est appelé le *périhélie,* ce qui signifie *le plus près du soleil;* c'est là que se trouve la terre en hiver, le 21 décembre. Le point diamétralement opposé a reçu le nom de *aphélie,* ce qui veut dire : *le plus loin du soleil* ; la terre y arrive le 21 juin, et nous avons l'été.

ÉTIENNE. — C'est bien drôle, au moins, que nous ayons froid quand nous nous approchons du soleil, et chaud quand nous nous en éloignons !

HENRI. — Tu vas en comprendre la raison.

— Bien que la terre soit en réalité plus près du soleil en hiver qu'en été, cette différence est insignifiante eu égard à l'énorme distance qui les sépare : environ 152 millions de kilomètres. Si nous donnions à l'ovale de Pobian deux mètres de longueur, pour représenter exactement les choses, il faudrait placer le soleil non pas au milieu comme je viens de le dire, mais à moins *d'un millimètre* du milieu. Aussi ce n'est point à la distance plus ou moins grande de la terre au soleil que se rattache le phénomène des saisons.

« Pendant le jour les rayons du soleil échauffent la partie de la surface terrestre qu'ils éclairent, et la nuit il y a refroidissement. En été les jours sont longs, les nuits courtes, c'est-à-dire que le temps pendant lequel le sol acquiert de la chaleur est beaucoup plus considérable que celui pendant lequel il se refroidit. En hiver, les nuits étant longues, et les jours courts, l'effet contraire se produit.

» A cette première cause s'en joint une seconde : En été les rayons solaires, tombent sur nous presque verticalement et d'aplomb. En hiver le soleil s'élevant moins haut au-dessus de notre horizon, ses rayons nous atteignent plus obliquement. En ce dernier cas le même faisceau de rayons se répandant sur une surface plus grande, son action est évidemment moins énergique.

Bornons-nous pour le moment à remarquer que ce que je vous dis là, *en général*, se rapporte seulement aux climats tempérés tels que le nôtre. Ailleurs on a des jours de vingt-quatre heures, et des nuits d'égale durée ; ailleurs encore, le soleil brille pendant trois et six mois de suite, tandis que dans le pays opposés on a des nuits qui se prolongent pendant trois et six mois.

POBIAN. — Cela ne m'amuserait guère d'être dans les pays où il fait jour pendant six mois sans discontinuer! Quelle journée!

MARIE-ANNE. — Six mois de nuits, c'est encore bien pis! Monsieur Henri, est-ce qu'on peut dormir pendant six mois?

HENRI. — Les marmottes peut-être, mais non pas les habitants de ces contrées. Ils connaissent, comme nous, les moyens de suppléer à la lumière du jour qui leur manque une moitié de l'année.

ETIENNE. — Monsieur Henri, où vont donc les étoiles pendant qu'il fait jour?

HENRI. — Tu ne me ferais pas cette question si tu avais remarqué que cette chandelle, lorsqu'elle brûle le jour, ne donne aucune clarté, quoiqu'elle n'en brûle pas moins alors qu'en cet instant où elle nous éclaire tous.

ETIENNE. — C'est pourtant vrai! Ainsi les étoiles sont au ciel jour et nuit?

HENRI. — Oui, mon ami; mais au moment où le soleil paraît, les étoiles pâlissent, la lune blanchit, leur lumière se trouve effacée peu à peu par une lumière plus vive, et enfin elles disparaissent. Longtemps on a cru qu'elles étaient absolument invisibles en plein jour; Simon Morin est le premier qui ait essayé de se servir d'une lunette pour découvrir les étoiles lorsque le soleil brille, et, grâce à lui, les astronomes ont pu continuer sans interruption des études que, jusqu'alors, on avait cru ne pouvoir faire que la nuit.

JACQUELINE. — Il y a des étoiles qui sont bien plus brillantes que les autres, et aussi bien plus grosses; mais celles-là remuent toujours. Pourquoi cela, monsieur Henri?

HENRI. — Celles-là ont reçu cependant le nom d'étoiles *fixes*. Avant de t'en dire la raison, je te répondrai d'abord qu'elles n'ont pas le mouvement que nous leur prêtons. Une foule de causes, qu'il serait trop long d'expliquer en ce moment, leur donnent à nos yeux ce qu'on appelle la *scintillation*; en premier lieu, leur prodigieux éloignement, la profondeur de l'atmosphère qui nous entoure et que leur lumière doit traverser, et enfin les changements perpétuels qu'éprouvent la couleur et la vivacité de cette lumière, impriment aux étoiles l'apparence de ce mouvement qui n'existe pas pour les planètes, et qui a servi, comme tant d'autres phénomènes, à fonder des systèmes bientôt remplacés par des systèmes nouveaux.

« Les étoiles fixes diffèrent encore des planètes, en ce qu'elles ne reçoivent point du soleil leur éclat. Elles sont elles-mêmes autant de soleils placés à une telle distance de la terre, que la lumière met un an et demi, et même plus, pour arriver jusqu'à nous.

POBIAN. — C'est de plus fort en plus fort!

HENRI. — Je dois vous dire que la vitesse de la lumière est la même, soit qu'elle parte du soleil ou de cette chandelle, des étoiles ou d'un ver luisant; elle parcourt soixante-dix mille lieues par seconde, ou un peu plus de quatre millions de lieues par minute.

POBIAN. — A-t-on idée de cela!

HENRI. — Ainsi, jugez à quelle distance de la terre se trouvent placées les étoiles dont la lumière ne nous parvient qu'au bout de trente ans! peut-être sont-elles *éteintes*, au moment où pour la première fois nous recevons de leurs nouvelles.

MARIE-ANNE. — C'est effrayant, au moins, rien que de penser à toutes ces choses-là!

HENRI. — Depuis plus de deux mille ans, date des premières observations astronomiques dont la connaissance soit venue jusqu'à nous, les étoiles fixes n'ont pas sensiblement changé de place; de là le nom qui leur a été donné; mais nous ne les voyons pas toujours, du moins les mêmes. L'espace de la voûte étoilée varie à nos yeux, non parce qu'elle change en effet, mais parce que nous changeons de place. Ainsi les groupes d'étoiles qui nous apparaissent en hiver, disparaissent pour nous l'été; à minuit le ciel n'offre pas le même aspect qu'à dix heures du soir, et nous croyons cependant que, pour nous, les étoiles se lèvent ou se couchent, se montrent ou se cachent, brillent ou s'éteignent; c'est encore là une de ces mêmes illusions qui font que nous nous imaginons assister au lever et au coucher du soleil.

ETIENNE. — Il a fallu une fameuse tête pour débrouiller tout cela!

HENRI. — La terre, vous le savez, maintenant, n'est donc pas toute l'année à la même place, elle se rapproche et s'éloigne du soleil; elle *voyage* sous la voûte étoilée... Mais que fais-tu donc là, Jean-Louis? demanda Henri en s'interrompant.

Tous les yeux se tournèrent aussitôt vers l'enfant, qui devint fort rouge, et repoussa un peu la pauvre pomme qu'il venait de couvrir d'épingles comme une pelote.

Pressé de questions, Jean-Louis répondit :

« J'ai cherché à voir comment les hommes se trouvent placés sur la terre. S'ils le sont de la même façon que ces épingles sur la pomme, il y en a au moins la moitié la tête en bas, ce que je ne comprends pas.

HENRI. — Au premier aspect, une grande partie des habitants de la terre semble en effet avoir, comme tu le dis, la tête en bas, et cependant tu vas comprendre qu'aucun d'eux n'a en réalité la tête en bas, si tu remarques qu'ayant tous les pieds sur la terre et la tête vers le ciel, nous avons tous les pieds en bas, puisque la terre est pour nous le bas, et la tête en haut, puisque le ciel est placé au-dessus de nos têtes.

POBIAN. — En y pensant bien, c'est vrai, monsieur Henri; mais au premier moment, cela fait un effet tout contraire, et déjà je songeais à cela, pendant que je regardais Jean-Louis planter des épingles dans la pomme. Pourtant, monsieur Henri, une chose : Si tous les gens de la terre sont comme cela sur la surface, il y en a beaucoup avec lesquels nous pourrions battre la semelle!

HENRI. — Ces gens-là sont ce qu'on appelle nos *antipodes*; nous pourrions, il est vrai, *battre la semelle avec eux* fort commodément, sans un tout petit obstacle placé entre eux et nous, l'épaisseur du globe, ce qui n'est pas peu de chose. Dans le pays *antipode* du nôtre, il fait jour maintenant; comme dans le pays *antipode* de celui où le soleil brille pendant six mois, il fait nuit pendant six mois.

PODIAN. — Ah! voilà ce que c'est que les antipodes dont M. le maire parle quelquefois en disant : « Ces gens-là sont mes *antipodes !* » Cela signifie...

HENRI. — Diamétralement en opposition à nous ou à moi.

JEAN-LOUIS. — Mais, monsieur Henri, les mers ont aussi leurs antipodes?

HENRI. — Assurément.

JEAN-LOUIS. — Alors comment ne coulent-elles pas sur le ciel quand la terre tourne?

JACQUELINE. — Et les hommes donc, comment ne tombent-ils pas?

MARIE-ANNE. — Et les rivières, les maisons et les clochers?

HENRI. — Et les pommiers, dont le vent abat les fruits, comment tout cela ne *tombe-t-il* pas aussi quand la terre tourne, et ne va-t-il pas trouver la lune, par exemple, qui dans sa promenade autour du globe est peut-être, au moment où les fruits se détachent, au-dessus du point où les arbres ont pour ainsi dire *la tête en bas?*

ETIENNE. — C'est ma foi vrai, maintenant que j'y pense! Pourquoi donc cela, monsieur Henri?

HENRI. — Un homme le premier a *deviné* le pourquoi, c'est l'Allemand Kepler; un homme le premier l'a démontré, c'est l'Anglais Newton. Après bien des siècles de doutes, de conjectures, Isaac Newton, qui connaissait les travaux de Kepler, se sentit pénétré d'une de ces pensées fortes et profondes, dans lesquelles une tête grandement organisée trouve la source des découvertes sublimes. Cette pensée était qu'une force, jusqu'alors inconnue, attirait les corps vers la terre, et que de même cette force inconnue, qu'il nomma *attraction*, attirait les planètes vers le soleil. Les simples aperçus de Newton sont journellement justifiés par les expériences les plus rigoureuses.

« L'*attraction* existe dans chaque parcelle de notre globe. Quelle que soit la position où nous nous trouvons relativement à nos antipodes, l'*attraction* que la terre exerce sur tout ce qui la couvre est telle, que nous conservons, comme vous le voyez, notre équilibre. Cette même attraction retient les eaux à la surface du globe et ramène vers le globe les pommes que le vent abat, comme elle ramène vers le globe les pierres lancées en l'air par les volcans. La force qui attire ainsi les corps vers la terre est appelée à la fois *attraction* et force *centripète*, ou *qui tend vers le centre*. On nomme *gravitation* ou *attraction planétaire*, la force semblable qui attire et retient autour du soleil notre globe et les autres planètes.

— Mes enfants, m'avez-vous compris?

— Dame! je crois que oui, répondirent quelques voix.

HENRI. — Voyons, comment se fait-il que les rivières, la mer, les maisons, nous-mêmes, nous ne *tombions pas* lorsque la terre exécute, dans les vingt-quatre heures, son mouvement de rotation en tournant autour du soleil?

ÉTIENNE, *après avoir un peu hésité.* — C'est à cause qu'il vient... quelque chose... du milieu de la terre... qui nous retient là où nous sommes.

HENRI. — Pas positivement *là où nous sommes* (il se leva et se mit à aller et venir dans la salle). Tu en as la preuve, puisque je peux me lever, marcher, m'asseoir, monter, descendre, voyager même à pied ou en voiture si j'en ai l'envie. Ce *quelque chose* qu'on nomme *force centripète* nous retient seulement à la *surface* du globe, en nous laissant la liberté de parcourir cette surface dans toute son étendue et à notre volonté. Et la *gravitation* ou *attraction planétaire*, qu'est-ce que c'est, Hubert?

Hubert. — Monsieur Henri... je ne sais pas.

Jean-Louis. — Je le sais, moi ! c'est la même chose que ce qui vient du milieu de la terre, excepté que cela part du milieu du soleil pour attirer et retenir les planètes autour de lui.

Etienne. — Mais, monsieur Henri, pourquoi la terre, quand elle se rapproche du soleil pendant l'hiver, comme vous nous l'avez montré ce soir, ne tombe-t-elle pas sur le soleil ? car il doit avoir une force plus grande que celle de la terre pour attirer tout à lui.

Henri. — J'espérais que l'un de vous me ferait cette question, preuve certaine que j'aurais été attentivement écouté et que vous m'auriez en effet passablement compris. Lorsque la terre arrive au *périhélie*, est-elle près ou loin du soleil ?

Pobian. — Monsieur, elle est au plus près, ici, à droite de l'ovale.

Henri. — Eh bien ! arrivée à ce point, la terre marche plus vite. Cette vitesse lutte avec avantage contre l'*attraction* exercée par le soleil, et qui est alors des plus grandes. Le contraire a lieu à l'*aphélie*, point de l'ellipse où vous savez que nous nous trouvons au plus loin du soleil. L'éloignement affaiblit l'attraction qu'il exerce sur toutes les planètes ; la terre pourrait alors s'éloigner encore et suivre une ligne droite si la vitesse de sa marche ne se ralentissait pas. Au *périhélie*, ce qui concourt à tenir la terre à distance *respectueuse* du soleil, c'est donc la vitesse de sa marche, considérablement augmentée ; ce qui concourt, à l'*aphélie*, à l'empêcher de s'écarter, c'est donc la lenteur de sa marche. Ainsi, d'un côté, la vitesse dans la marche de la terre combat l'effet de l'attraction exercée plus fortement par le soleil quand elle s'approche de lui ; quand elle s'en éloigne, cette vitesse se ralentit, et l'action de l'attraction, affaiblie par l'éloignement, suffit pour empêcher la terre de s'écarter davantage. Voilà par quelles lois la terre, les étoiles, les planètes, conservent leur place dans l'espace, sans que rien ne puisse altérer l'ordre immuable auquel l'univers est soumis.

— Que Dieu est grand! dit Mme Arzanno. Elle avait, comme tout le monde, écouté attentivement Henri.

— Et l'homme aussi, ma tante! l'homme est grand aussi! s'écria le jeune Bossu avec une figure où brillait la joie la plus pure, car il est parvenu à concevoir la pensée immense de l'immensité! Oui, l'homme est grand, puisqu'il a compris la grandeur sans bornes de Celui qui créa tant de merveilles, qui imprima le mouvement aux corps célestes! L'homme est grand; car il a su s'expliquer cet ordre admirable où rien n'a été altéré, ni changé, depuis les premières observations de ceux qui, les premiers, élevèrent leurs regards vers le ciel, pour les rabaisser ensuite sur la terre. »

XI. — DE LA PLUIE ET DU BEAU TEMPS.

Très-fiers de leur science toute nouvelle, les enfants du sabotier mettaient beaucoup d'ardeur à la répandre parmi ceux de leurs camarades qui n'assistaient point aux veillées. Par ce moyen, ce qu'ils avaient appris se gravait mieux dans leur mémoire, et ce qu'ils n'avaient pas trop bien conçu d'abord, faute d'attention, s'éclaircissait pour eux à mesure qu'ils s'efforçaient de faire comprendre à d'autres les explications données par Henri avec une complaisance inépuisable. Mais ce qui les étonnait beaucoup, c'était l'indifférence de la plupart de leurs compagnons de jeu pour une instruction qu'ils étaient si joyeux d'acquérir.

« A quoi est-ce que tout cela peut servir? disaient les uns d'un air d'ennui, et les autres d'un air de dédain.

— Mais, répondait Jean-Louis avec vivacité, à connaître le pourquoi et la raison des choses.

— Belle avance! en es-tu plus riche?

JEAN-LOUIS. — Oui, sûrement, que j'en suis plus riche, et surtout plus content! Autrefois je ne pensais à rien, et je m'ennnyais; à présent je pense tout du long du jour, et cela m'amuse.

ETIENNE. — Cela me fait le même effet.

— Et à moi aussi, ajoutaient bien des voix.

HUBERT. — Maintenant je comprends mieux M. le recteur, quand il nous dit combien Dieu est grand et puissant!

MARIE-ANNE. — Et M. le docteur, donc, quand il nous parle de ses voyages bien loin!

JACQUELINE. — Je suis bien aise aussi, moi, de savoir qu'il y a d'autres pays que celui-ci.

JEAN-LOUIS. — Les mers! c'est immense, au moins, je l'ai vu sur le globe de M. Henri. Oh! je les reconnais à présent, sans me tromper, rien qu'à la couleur : tout ce qui est vert, c'est de l'eau. Et quand on pense que des vaisseaux s'en vont tout autour du monde sans se tromper de route, comme si le chemin était tracé, ainsi qu'il l'est d'ici à Quimperlé! Pour cela, il leur suffit d'un instrument, nommé boussole, dont l'aiguille est, toujours et partout, naturellement tournée du côté du nord.

HUBERT. — C'est plus beau et plus merveilleux, j'espère, que tous vos contes de géants et de fées?

ETIENNE. — D'abord chacun sait qu'il n'y a ni géants ni fées. Les vrais géants, ce sont les hommes qui ont imaginé de mesurer la terre.

— Ah! par exemple! mesurer la terre?

ETIENNE. — Oui, et, pour en venir à bout, ils ont commencé par mesurer la hauteur où se trouvait le soleil dans telle ou telle partie du monde.

— Voilà un beau conte! Où ont-ils donc pris un mètre pour cela?

— Ils avaient mieux qu'un mètre, répondit Etienne d'un air grave; ils avaient des instruments. On ne conçoit pas que l'homme ait pu les inventer, tant ils sont admirables; et ce qui est bien admirable encore, c'est le courage de ces savants-là! ils ont quitté leur pays, leur maison, leur famille, tout, pour s'en aller soit à un pôle, soit à l'autre, jusque sur les mers de glace, ou bien sous l'équateur, dans l'endroit où la terre reçoit les rayons les plus chauds du soleil : ainsi ils se sont exposés à être gelés ou rôtis, à mourir de faim ou de soif, pour mesurer comme je vous le disais, la hauteur du soleil ou des planètes...

— Mais pourquoi faire?

ÉTIENNE. — Comment! Pourquoi faire? Pour donner bien juste la forme de la terre et sa grandeur, ensuite pour fixer la place de chaque étoile dans le ciel, par rapport à certains pays et à d'autres. Quand tout cela a été fait, et qu'ils ont tous été d'accord, qu'est-il arrivé? Alors on a pu construire des globes de carton pour représenter soit le ciel, soit la terre; on a pu mettre chaque pays à sa vraie place, qui se trouve indiquée à un cheveu près. Depuis ce temps-là les marins, au lieu de faire comme les premiers navigateurs, qui se sont perdus plus d'une fois, les marins donc s'en sont allés en toute sûreté, droit où ils voulaient (sauf les empêchements occasionnés par les tempêtes), et aussi sûrs de retrouver leur route, s'ils s'en étaient écartés, que je suis sûr de retrouver celle de Hennebon, que je parte d'ici ou de Cléguer.

JEAN-LOUIS. — Ensuite, des grandes divisions on est venu aux petites. On a fait, pour les mers, des cartes où sont marqués les écueils et les bas-fonds, des cartes pour l'Amérique du Nord et pour celle du Sud, pour la Russie comme pour la France; et ainsi, dans une chose qui est immense, on est venu à bout de se retrouver et de donner les moyens, à ceux qui veulent travailler, de connaître tous les pays de l'univers aussi aisément que leur propre pays.

ÉTIENNE. — Et c'est un grand avantage pour tout le monde; car on ne peut pas savoir ce qu'on deviendra. Je veux rester ici et me faire jardinier; mais quand je serais soldat ou marin, à présent je saurai d'avance si le pays où l'on m'enverra est chaud ou froid, si les habitants sont des sauvages ou bien s'ils sont policés.

Hubert. — Et dans le cas où l'on ne voyagerait point, ne lit-on pas chaque jour des histoires de voyages? et n'est-on pas bien aise, quand le voyageur nomme une ville, un pays, de pouvoir mettre le doigt dessus et de dire : « Voilà! » C'est bien plus intéressant que lorsqu'on ne sait où les prendre. »

Vous voyez, par cet entretien, que les élèves de Henri profitaient des peines qu'il se donnait pour les instruire, et que leurs progrès étaient assez rapides. De jour en jour se faisait sentir davantage ce besoin d'apprendre, qui semble, à mesure qu'on le satisfait, acquérir de nouveaux développements. Les choses les plus ordinaires offraient à ces enfants des sujets d'observation ou de réflexion dont Henri tirait parti pour étendre le cercle, encore bien borné, de leurs connaissances.

Un matin, Jean-Louis ayant trouvé, par hasard, un vieil almanach du savant et admirable Mathieu Læensberg, resta tout surpris, après s'être amusé à regarder les *images*, en s'apercevant que, non-seulement pour chaque mois, mais pour chaque jour de l'année, étaient prédits, à l'avance, la pluie, l'orage, la neige, la grêle, le vent, le froid et le beau temps.

Il courut montrer sa trouvaille à Henri.

« Tenez, dit-il, monsieur Henri, il y a pourtant des sorciers dans le monde... Regardez plutôt! »

Henri sourit et répondit : « Mathieu Læensberg, ses successeurs et tous les faiseurs d'almanachs, n'ont jamais été et ne sont pas plus sorciers que toi et moi.

— Montrez-nous donc ce livre! s'écrièrent tous les autres enfants, qui venaient de se réunir chez leur jeune maître pour l'heure de la classe.

Jean-Louis. — Mais, monsieur Henri, comment peut-on autrement savoir à l'avance le jour où il gèlera, où il pleuvra, où il fera froid?

Henri. — Est-ce que notre jardinier Pierre ne nous prédit pas, la veille, le temps que nous aurons le lendemain?

JEAN-LOUIS. — Oh! du jour au lendemain cela n'est pas difficile... mais le savoir une année d'avance!

HENRI. — Ne sais-tu pas, une année d'avance, qu'au printemps les jours deviendront plus longs et plus chauds? qu'en
été nous aurons un soleil ardent et des orages fréquents? que,
dans l'automne, l'air se rafraîchira, et que, la nuit, viendront
des gelées blanches? enfin, qu'en hiver nous pouvons compter
sur la neige et la glace?

JEAN-LOUIS. — Sans doute, monsieur Henri, on sait cela en
gros... mais jour par jour!

. HENRI. — D'abord, mon ami, tous les faiseurs d'almanachs,
en dépit de leur sorcellerie, se trompent presque toujours. Ceux
qui se trompent rarement, ne sont pas pour cela plus sorciers
que les autres; ils ont seulement plus d'expérience, ou bien le
hasard les sert mieux que leurs confrères.

» Vous savez tous déjà comment, en calculant la marche de la
lune autour de la terre, on peut *prédire* le jour où la nouvelle
lune sera visible, toutes ses phases jusqu'au dernier quartier,
ensuite les éclipses de soleil. Elles sont rarement complètes et
rarement visibles, vous le savez encore, dans tous les pays qui
couvrent la surface du globe, à cause des positions diverses de
ces divers pays, pour lesquels ne brille pas toujours le soleil
au moment où la lune l'éclipse en partie. Vous savez aussi
comment on peut prévoir les changements appelés *saisons*,
produits par le mouvement de notre globe autour du soleil.
Maintenant que voici posés les principaux points des *prédictions* des faiseurs d'almanachs, il nous sera facile de trouver
les points intermédiaires, et d'établir des règles générales de
leur *sorcellerie*. Parlons d'abord de la pluie et du beau temps.
D'où vient la pluie? Est-ce du soleil, de la lune ou des étoiles?

— Dame!... je ne sais pas!... dirent tous les enfants après
s'être regardés les uns les autres.

— Elle vient des nuages! s'écria soudain Jean-Louis d'un
air satisfait de lui-même.

HENRI. — Mais, les nuages, d'où viennent-ils?... Regardez mes vitres ; elles sont couvertes de vapeur, n'est-ce pas? Cette vapeur vient-elle du dehors ou de cette chambre?

— Je ne sais pas! fut encore la réponse.

— Si vous aviez réfléchi un moment, reprit Henri, vous ne m'auriez point dit : « Je ne sais pas. »

Il alla ouvrir la fenêtre ; les vitres étaient sèches en dehors, il n'y avait de vapeur qu'en dedans. Henri referma la fenêtre, et revint à sa place en disant : « Eh bien! »

ÉTIENNE. — Elle vient d'ici.

HENRI. — Cette vapeur ne serait point *visible* si l'air du dehors était aussi chaud que celui de cette chambre, ou si celui de cette chambre était plus chaud encore ; et cependant elle n'en existerait pas moins. Eh bien! sur la surface de la terre a continuellement lieu la *vaporisation* dont vous voyez des traces bien marquées sur les vitres de toute la terre, et toute l'année s'élèvent des vapeurs qui montent en l'air. Elles y demeurent *invisibles* tant qu'elles ne sont point parvenues jusqu'à une certaine hauteur : arrivées là, et trouvant un air plus froid, ces vapeurs se *condensent*, c'est-à-dire que les parties de liquide dont elles sont composées se *rapprochent* en se refroidissant ; elles prennent alors la forme d'une multitude de petites bulles creuses remplies de gaz ; ces petites bulles se soutiennent entre les particules de l'air, avec lequel elles ne se confondent point, quoiqu'elles paraissent ne former qu'un tout avec lui, et elles nous deviennent *visibles* sous la figure d'un brouillard. Le brouillard se refroidit et se condense de plus en plus ; il répand une mauvaise odeur suivant la qualité du gaz contenu dans les petites bulles qui le forment, et enfin il se change en une pluie extrêmement fine, nommée *bruine*. Si l'atmosphère qui nous entoure est froide, la bruine se congèle sur les toits, sur les arbres, les habits, les cheveux des voyageurs, qui se couvrent de givre et de frimas.

HUBERT. — Ah! je n'aurais jamais deviné cela! monsieur Henri; est-ce que les nuages sont faits de la même façon?

HENRI. — Il y a tout lieu de le croire, puisqu'un homme très-savant, M. Monge, a dit que le brouillard est un *nuage* au milieu duquel nous nous trouvons, et le nuage un *brouillard* éloigné de nous. Cependant les savants ne sont pas encore parfaitement d'accord sur ce qui *agglomère* ou réunit ces bulles d'eau à tel point que leur masse puisse former un corps tout à fait distinct, présentant les figures les plus variées suivant les caprices du vent. Mais du moment que la température se refroidit dans la région où se trouvent les nuages, ils se condensent à leur tour et se résolvent en eau ; elle tombe en gouttes plus ou moins larges, plus ou moins serrées, suivant que la pluie arrive d'une région plus ou moins élevée.

MARIE-ANNE. — Eh! pourquoi donc? Est-ce que la hauteur n'y fait rien?

HENRI. — Elle y fait beaucoup. L'air, que la pluie traverse en tombant, lui oppose de la résistance, et, par cette résistance, d'autant plus multipliée que la pluie vient de plus haut, chaque goutte est divisée en plusieurs gouttes.

— Et la neige et la grêle? demandèrent quelques voix.

HENRI. — Pourquoi le brouillard se change-t-il en givre? Parce que la température du lieu où il tombe est plus froide que celle du lieu d'où il vient. Il est donc probable que la neige, arrivant en pluie d'une région élevée, traverse sur sa route d'autres régions atmosphériques très-froides, où elle se congèle ; ainsi congelée elle tombe sur la terre sous la forme de plumes blanches, qui se fondent à l'instant si notre atmosphère est tempérée, qui se maintiennent dans leur état de congélation si notre atmosphère est froide. Quant à la grêle, ce n'est pas le froid seul qui la produit, puisque nous en avons dans l'été par un jour d'orage. Tout porte à croire que sa formation est due en grande partie à l'action de l'*électricité*, cause première du tonnerre des orages, et dont je vous donnerai

4

l'explication une autre fois, car l'heure de la leçon d'écriture' approche. Mais, pour en finir avec nos sorciers, disons encore un mot du vent en général.

JACQUELINE. — Ah ! je serai bien aise de savoir avec quoi on fait le vent !

Henri sourit et continua de la sorte : « Nous n'aurions jamais ni vent ni ouragan, si l'action du soleil, de la lune, le mouvement de rotation de la terre, et mille autres causes encore, ne produisaient pas, dans telle ou telle partie de l'atmosphère, une agitation plus ou moins vive. Ainsi, par exemple, l'air échauffé par le soleil monte, de la région où il se trouvait, dans la région supérieure, laissant un vide où se précipite aussitôt une masse d'air froid ; cette action donne ce que nous avons appelé *vent*. Si j'ouvre cette fenêtre, l'air froid du dehors se précipite à l'instant dans la chambre ; si j'ouvre en même temps la porte, l'action devient plus vive, parce qu'il s'établit un courant d'air chaud qui sort par la porte, d'air froid qui entre par la fenêtre ; mais l'endroit où ce phénomène a lieu étant petit, l'effet ne peut être considérable, et devient pour ainsi dire insensible : tandis que dans l'univers, où tout est grand, il est tout-puissant.

» Sous l'équateur, la dilatation de l'air est forte, rapide, immense ; l'air glacé des pôles s'élance sans cesse pour remplacer l'air embrasé qui s'élève de la zone torride ; celui-ci est chassé avec violence à son tour vers les pôles par l'air froid ; il se forme des courants qui mettent l'atmosphère entière en mouvement : de là des tempêtes, des vents qui soufflent à ras de terre, tandis que d'autres plus élevés font courir les nuages dans un sens contraire ; des vents qui tournent, qui tourbillonnent avec violence, parce que d'énormes colonnes d'air froid se précipitent dans les vides laissés par l'air dilaté ou échauffé... Mais revenons à nos sorciers.

» Comprenez-vous maintenant que versés dans la connaissance des phénomènes atmosphériques, c'est-à-dire des changements qu'éprouve, à des époques déterminées, l'air qui nous enveloppe ; qu'instruits par les calculs, les expériences de leurs devanciers, et par leurs propres calculs, leurs propres expériences, ils aient besoin de recourir à la magie pour leurs prédictions ? Sans magie ne peuvent-ils annoncer, parfois avec justesse, que tel jour, dans telle saison, tel mois, telle semaine, il fera un temps clair ou du brouillard, de la pluie ou de la neige, un temps calme ou un grand vent ?

— Non sûrement, ils n'ont que faire de la magie ! s'écrièrent tous les enfants.

Henri. — La véritable magie de l'homme consiste tout simplement, vous le voyez, dans l'usage qu'il fait des facultés de son esprit, développées et affermies par l'étude. Des hommes doués du talent de l'observation, et de bons astronomes, ont posé les bases sur lesquelles s'est fondée, depuis, la *science* des faiseurs d'almanachs. Nous refuserons donc à ces derniers la qualification de *sorciers* ; leur *sorcellerie* d'ailleurs est presque toujours en défaut, et nous reconnaîtrons que l'homme instruit est seul digne d'inspirer du respect plutôt qu'une admiration stupide. »

XII. — DE LA FORCE PHYSIQUE ET DE LA FORCE MORALE.

Quoique le jeune Bossu possédât passablement de connaissances pour son âge, il ne s'en montrait pas plus orgueilleux ; la seule chose qui parût constamment en lui, c'était la bonté du cœur unie à une grande simplicité de manières. M. le recteur en prenait souvent occasion de faire remarquer aux élèves d'Henri que, se prévaloir de ses talents naturels ou acquis, et des faveurs de la fortune, dénote toujours une âme étroite et un petit esprit.

« C'est à cela, disait-il, qu'on reconnaît les sots. »

Les enfants du sabotier, ne se souciant pas d'être pris pour des sots, étouffaient tant qu'ils pouvaient les petits mouvements

d'orgueil qu'ils ressentaient parfois en songeant à leur science
de fraîche date, et à la différence de leur position et de celle de
leurs camarades. La plupart de ceux-ci étaient obligés d'aller
travailler aux champs, de garder les troupeaux, et de se soumettre déjà aux privations et à la misère, tandis que l'abondance entourait les enfants du sabotier, qui pouvaient lire et
étudier tout le long du jour.

« Que seriez-vous sans la bonté de M. Arzanno et de Henri,
disait encore le bon recteur, dont la conduite donnait l'exemple
de toutes les vertus qu'il prêchait : des ignorants sans ressources pour le présent et l'avenir; des orphelins manquant de
tout. C'est votre mère que Dieu bénit en vous; votre mère qui
a tendu une main charitable à deux petites abandonnées, et
qui les a recueillies sous son toit, comme Henri vous a tous
recueillis sous le sien; car il n'est pas une bonne action qui ne
porte avec elle sa récompense. De quoi pourriez-vous donc tirer
vanité? Dieu fait luire son soleil sur le méchant comme sur le
juste : mais le méchant transforme en poison tout ce qu'il touche; il en est de même de l'orgueilleux. De l'orgueil naît l'ingratitude; l'orgueil nous fait oublier la main qui nous tira de
l'abjection et de la misère; l'orgueil nous pousse à nous éloigner
de nos égaux, à les offenser par d'injustes dédains : si les jours
de malheur viennent, nous nous trouvons seuls, abandonnés et
sans consolation sur la terre. »

Etienne, dont le cœur était bon et l'esprit juste, disait de son
côté à ses frères : « M. le recteur a bien ses raisons pour nous
répéter si souvent tout cela! Oui, c'est notre mère que Dieu
bénit en nous; et parce que M. Henri prend toute sorte de
peines pour nous enseigner, à nous qui ne saurions rien sans
lui, ne voilà-t-il pas que nous nous donnons des airs avec les
autres?

JEAN-LOUIS. — Pourquoi sont-ils si bêtes aussi? ils se
moquent de nous, parce que nous avons de l'instruction et
qu'ils n'en ont pas : c'est l'envie qui les ronge.

ÉTIENNE. — Tu sais bien qu'autrefois on nous croyait des orgueilleux; et alors personne ne voulait jouer avec nous. A présent, comme on voit que nous sommes de bons garçons, tout prêts à partager notre goûter, à faire lire dans nos livres, à montrer aux autres ce que nous savons, on ne nous en veut plus.

JEAN-LOUIS. — Ah! joliment! et Simon, et Eustache, et Pierre?

ÉTIENNE. — Tu rends moquerie pour moquerie, et tu veux qu'on t'aime! Est-ce que M. Henri nous tourmentait dans les commencements, quand nous ne voulions pas répondre à ses questions! Toi, tu te fâches dès qu'ils disent : « Qu'est-ce que cela me fait, tout çà? » comme si nous ne l'avions pas dit cent et cent fois!

JEAN-LOUIS. — Je ne le dis plus, à cette heure.

ÉTIENNE. — Faisons aux autres comme il nous a fait. M. Henri a une patience d'ange avec nous : il faut avoir aussi, nous, de la patience, de la douceur, de la complaisance; chacun nous aimera, comme chacun l'aime, et personne ne songera à se moquer de nous, pas plus que de lui, quoiqu'il soit tout bossu.

Mais Jean-Louis, qui apprenait avec beaucoup de facilité, avait bien de la peine à n'en point tirer vanité; aussi était-il plutôt souffert qu'aimé de ses camarades. On écoutait ses frères bien plus volontiers que lui, qui croyait savoir mieux pourtant qu'aucun d'eux!

Bien des fois déjà son amour-propre avait été humilié; car Henri, qui surveillait l'école d'enseignement mutuel établie dans un petit bâtiment au bout du jardin, avait eu déjà plus d'une occasion de dire tout haut, lorsque Jean-Louis faisait la leçon à son tour : « Mon ami, si tu continues sur ce ton, un autre va prendre ta place. Es-tu donc tellement *savant* que tu te croies dispensé de toute politesse? Quand on veut enseigner il faut le faire avec patience et douceur. Si je m'y étais pris avec toi comme tu t'y prends avec tes camarades, tu aurais senti le découragement glacer ton zèle, et les leçons fussent devenues également pénibles pour nous deux. »

Le rouge montait à la figure de Jean-Louis. Retenant avec peine ses larmes prêtes à couler, il cédait la place à l'un de ses frères, et, à la sortie de la classe, on se moquait du *savant détrôné*. Pendant la récréation, il n'y avait plus de moniteurs ni d'écoliers ; on redevenait tous égaux.

Il arriva une fois que Jean-Louis, pour échapper aux railleries et aux malices de ses camarades, fut obligé de rentrer avant la fin de la récréation. Le pauvre Jean-Louis était en colère tout de bon, et il disait, le cœur gonflé : « Quand je serai grand, je me vengerai!... oh! oui, je me vengerai !... Si j'avais été le plus fort, je les aurais tous battus, pour leur apprendre à se moquer de moi ; mais ils ne perdront rien pour attendre! »

Ces paroles, prononcées à haute voix dans le vestibule, parvinrent jusqu'aux oreilles de M. Arzanno, qui traversait le corridor au premier étage. Il se rendit aussitôt chez Henri, et n'en sortit qu'une bonne demi-heure après.

Lorsqu'on rentra en classe, Jean-Louis avait encore la figure toute bouffie et les yeux fort rouges ; il se disposait cependant à remplir ses fonctions de moniteur ; mais Henri dit d'un air grave :

« C'est Hubert qui donnera la leçon d'écriture et de calcul. »

L'enfant baissa la tête et alla s'asseoir sur son banc. Le sourire qu'il vit briller sur quelques figures acheva de le mettre hors de lui ; mais personne n'y prit garde.

Le soir, M. Arzanno vint à la veillée, ce qui lui arrivait rarement.

« Quel silence! dit-il en entrant dans la salle, où chacun était diversement occupé, et où l'on n'entendait pas le moindre bruit.

HENRI. — Nous vous attendions, mon oncle, pour décider une question qui s'est présentée, je ne sais comment, et que personne ici n'a pu encore résoudre.

M. ARZANNO. — De quoi s'agit-il donc?

MADAME ARZANNO. — De l'emploi de la force. Tous ces marmots sont des tyrans *en herbe*. Tu ne te figures pas comme ils sont disposés à faire les petits rois, les petits despotes. Je n'en vois pas un seul qui ne veuille obliger ses camarades à se soumettre, bon gré mal gré, à son bon plaisir.

M. ARZANNO. — Vraiment! (Il alla s'asseoir auprès de la cheminée.) Mais d'abord qu'entendez-vous, mes enfants, par la force? Est-ce celle du corps, du poignet?

— Oh! c'est la bonne, celle-là! s'écria vivement Jean-Louis en lançant un regard de travers à Simon et à Pobian, qui se mirent à rire.

M. ARZANNO. — Si c'est la bonne, il y en a donc une autre?

JEAN-LOUIS. — Dame! je ne sais pas.

M. ARZANNO. — Tu le sais, ou du moins tu le sens, quoique sans pouvoir t'en rendre compte.

POBIAN. — Monsieur, puisqu'il y en a une autre, comment l'appelle-t-on, s'il vous plaît?

M. ARZANNO. — *Force morale.* La véritable force morale est celle que l'homme puise dans la religion, dans la supériorité de son intelligence, dans la fermeté de son âme. Pendant sa jeunesse, la réunion de ces nobles qualités le rend supérieur, quel que soit son rang dans le monde; quand la vieillesse est venue affaiblir ses forces physiques, il conserve encore cette force morale, tellement puissante et respectée jadis, qu'elle suffisait pour assurer l'empire des patriarches sur les peuples dont ils étaient les *pasteurs*, les guides révérés. Malheureusement la *force morale*, qui a depuis conservé la puissance aux grands de la terre, n'a point toujours été celle-là. L'intérêt de tous, ou bien l'ignorance des nations, a fait souvent la seule force des gouvernements.

» A ce que les historiens ont appelé l'*âge d'or*, succéda l'*âge de fer*, c'est-à-dire les temps de barbarie, ces temps où quelques nations, devenues plus nombreuses que les nations

voisines, et se trouvant trop à l'étroit sur la terre natale, inon-
dèrent de leurs hordes sauvages les pays déjà civilisés. Les
premiers d'entre ces barbares qui se virent à leur tour procla-
més chefs de nations, durent sans aucun doute cet avantage à
la force du corps, autant qu'à l'audace qu'ils avaient déployée
dans les combats. Le chef militaire le plus intrépide, devenu
roi, mit assurément au nombre des qualités principales, chez
ceux qu'il élevait au premier rang après lui, la force physique,
à laquelle lui-même avait dû son élévation; et comme à cette
époque on ne connaissait point les armes qui, plus tard, ont
rendu égales sur le champ de bataille les forces physiques de
tous les hommes, la royauté fut nécessairement le partage de
celui que la nature avait doué du *meilleur poignet*.

» Mais les enfants de ces *héros* n'héritèrent pas toujours de la
vigueur de leur père en héritant de son royaume, et pourtant
ils régnèrent à leur tour. Tel roi, que le dernier de ses sujets
aurait pu jeter à terre d'un coup de poing, resta roi, parce que
l'intérêt de tous, ou du moins du plus grand nombre, ou bien
encore de ses soldats, qui suppléaient à sa faiblesse corporelle
par leur force physique, était de lui conserver la couronne.

» Plus tard, lorsque les nations commencèrent à sortir de
leur barbarie, le bruit adroitement répandu que les rois étaient
faits d'une *autre pâte* que les peuples, mit à la disposition des
souverains la force ou puissance morale basée sur l'ignorance
et sur la stupidité de leurs sujets. Afin d'entretenir une croyance
qui les rendait sacrés, les rois s'entourèrent d'un appareil im-
posant; ils se montrèrent avec pompe dans les cérémonies
publiques; on ne put les approcher qu'avec difficulté, et les
démonstrations du respect le plus profond furent ordonnées à
quiconque arrivait jusqu'en leur présence.

» Cette *force* ou *puissance morale*, appuyée à la fois sur l'intérêt de ceux qui avaient en main la *force physique*, et sur
l'ignorance des nations, est bien autre chose, vous le voyez,
que la force du poignet, quoique Jean-Louis regarde celle-ci

comme *la bonne*. Elle livra trop souvent les peuples aux caprices des rois : ceux-ci avaient su quelquefois se persuader à eux-mêmes qu'ils étaient en effet pétris d'un autre limon que le commun des hommes : c'est ce que vous remarquerez quand vous lirez l'histoire.

» D'autres souverains, au contraire, surent reconnaître que la véritable force morale prend sa source dans la religion et la droiture ; ils ne voulurent donc point de la puissance qui devait crouler du moment que les peuples s'éclaireraient, et ils acquirent par leurs actes, empreints d'une vraie force morale, une renommée aussi impérissable que leur pouvoir avait été grand et respecté pendant leur règne. »

POBIAN. — Mon père nous raconte quelquefois qu'à l'âge de dix ans, il s'imaginait encore que les rois étaient d'or et d'argent. Quoiqu'il n'en soit rien, je m'accommoderais pourtant assez d'être roi ; car enfin, un roi ne fait que ce qu'il veut.

M. ARZANNO. — Quelque absolus que tu supposes les rois les plus despotes, ils sont loin encore de faire toutes leurs volontés. Autour d'eux sont des ministres qui influencent, par la flatterie, leurs moindres décisions ; sur eux règne despotiquement encore l'étiquette. L'*étiquette*, c'est le code, la règle de toutes les actions des rois : l'étiquette prescrit l'heure du lever, du travail, des plaisirs, des repas ; l'étiquette détermine d'avance l'emploi de chacune des heures de la journée.

HENRI. — Voilà, j'espère, une manière commode de faire toutes ses volontés !

M. ARZANNO. — Ainsi ces rois absolus, qui peuvent disposer des biens, de la vie de leurs sujets, n'ont pas la liberté de se coucher quand le sommeil les accable, ni de manger quand ils ont faim. Comme ils ne peuvent tout voir par eux-mêmes, ils sont obligés de s'en rapporter aux dires de leurs ministres ; la vérité n'arrive que rarement jusqu'à eux, et, tout puissants pour faire le mal, ils se trouvent sans pouvoir pour faire le bien.

Étienne. — Mais alors, Monsieur, les ministres sont bien plus rois que les rois eux-mêmes ?

M. Arzanno. — Ils le sont toujours dans les monarchies absolues. On appelle ainsi celles où le roi fait et défait les lois selon son bon plaisir.

Henri. — Et aussi selon le bon plaisir de ceux qui l'entourent.

M. Arzanno. — Dans les monarchies constitutionnelles, il y a une loi fondamentale, la constitution, qui règle les droits du souverain et ceux du peuple; je vous en parlerai une autre fois. Revenons aux rois absolus.

» Si le souverain est bon, s'il a de l'activité et le désir de rendre la nation heureuse, sous son règne les mauvais ministres n'auront pas beau jeu ; mais si lui-même est méchant, ou si, seulement, étant faible, il se trouve entouré d'hommes méchants, le peuple sera écrasé d'impôts et de vexations : c'est encore ce que l'histoire vous apprendra. Régner, même pour un roi absolu, n'est donc pas si facile et si doux que vous vous le figurez sans doute. Quoique logé dans un palais ; quoique entouré de gens qui semblent occupés de prévenir ses moindres désirs ; quoique nageant dans le luxe, et ne connaissant pas les souffrances de la misère, un roi, même absolu, est, vous le voyez, plus esclave et moins maître chez lui que ne l'est, dans sa misérable chaumière, le plus pauvre de nos paysans. »

— Oh ! je n'ai plus envie d'être roi, s'écrièrent presque tous les enfants.

— L'homme est naturellement despote, reprit M. Arzanno en regardant Jean-Louis. Ce penchant à dominer, qu'on ne saurait réprimer trop tôt, se remarque jusque dans les enfants. « Je serai grand à mon tour, et je me vengerai ! » disent ceux qui n'ont pas encore pour eux la force du poignet. Si, plus tard, ils croient posséder en effet la *force morale* que donnent à la fois l'éducation et le respect des ignorants pour ceux qui savent quelque chose, vous les verrez en abuser. A moins que chez eux le cœur ne vaille mieux que la tête, leur devise sera : « Liberté pour moi, esclavage pour les autres ! »

Les joues de Jean-Louis étaient pourprés. Tout à coup, fondant en larmes, il s'élança hors de la salle ; Etienne seul, sur un signe de Henri, le suivit.

Le pauvre Jean-Louis dormit mal la nuit suivante. Etienne n'avait pu obtenir de lui, à toutes ses questions, d'autre réponse que des pleurs. Mais le lendemain, l'enfant ouvrit son cœur au bon Etienne : il avoua ses torts, dont la cause principale était l'orgueil, et son frère l'amena aisément à reconnaître, par ce qui se passait journellement sous leurs yeux, chez M. Arzanno, que la douceur, unie à la raison, assure un empire bien plus grand, bien plus durable que la force.

« Oh ! j'ai bien senti, ajouta Etienne, tout ce que M. Arzanno nous à dit au sujet de la vraie force morale ! Oui ; je l'ai senti jusqu'au fond de l'âme, quoique je ne trouve pas de mot pour le dire juste comme je l'ai dans la tête.

— Et moi aussi, je l'ai bien compris ! répliqua Jean-Louis avec un soupir. C'est encore l'avis de M. le recteur, que l'orgueil et la violence gâtent tout... et pourtant... enfin, j'essaierai... »

Ce jour-là, Jean-Louis, pendant la classe et à la récréation, fut d'une douceur et d'une politesse exemplaires. Le soir il vit, par le ton affectueux de Henri, que cette conduite avait été remarquée. M. Arzanno même, qui vint encore à la veillée, passa amicalement la main dans les cheveux de Jean-Louis, en se rendant à sa place, et dit avec un sourire : « Le docteur n'a-t-il pas raison quand il assure que l'*homme peut tout ce qu'il veut !* Si cette volonté a un noble but, elle reproduira de grandes choses ; l'une des plus remarquables, c'est l'empire obtenu sur soi-même. »

XIII. — UN PEU D'ÉCONOMIE POLITIQUE.

Monsieur Henri, dit un soir Etienne, j'ai en tête quelque chose qui me préoccupe. J'ai entendu dire à M. Arzanno qu'un roi était le premier serviteur de l'Etat; que le bien public devait être le but constant et unique de tous ses efforts. Alors prend-il donc de quoi vivre, de quoi nourrir sa famille, s'il en a, de quoi réparer son palais, et le reste? Toute peine mérite salaire, et puisqu'il passe sa vie à nous gouverner, il ne peut pas travailler, c'est-à-dire faire d'autre métier que celui de roi.

HENRI. — D'abord les rois, les princes peuvent posséder des terres, comme nous autres particuliers; mais leurs revenus n'étant pas suffisants pour soutenir l'éclat dont nous souhaitons de les voir environnés, il a fallu songer à trouver les moyens d'augmenter ces revenus. Il a fallu de même assurer un salaire aux fonctionnaires de l'Etat, militaires ou civils. Ce salaire a été proportionné, moins encore au travail qu'exige chaque place, qu'à la représentation à laquelle elle oblige ceux qui l'occupent : les ministres, par exemple, sont plus largement payés que les commis, les généraux que les soldats, et ainsi de suite, à partir depuis le roi jusqu'au plus petit employé des octrois.

JACQUELINE. — Les octrois! Qu'est-ce que c'est que cela?

HENRI. — On nomme ainsi les droits levés sur les denrées à la porte de chaque ville. Les boissons, les blés, les bestiaux, le sel, en un mot tout ce qui sert aux besoins journaliers de l'homme, paie des *droits* pour entrer dans telle ville. Sur nos frontières, dans nos ports, nous avons des *douanes*, où d'autres droits sont prélevés sur les sucres, les cafés, les cotons de nos colonies; les marchandises étrangères en paient de plus considérables encore : les douanes et les octrois sont, vous le voyez, une source de revenus pour l'Etat. Viennent ensuite les impôts. On prélève les unes sur les maisons, en raison de la valeur de celles-ci ; sur les bois, sur les terres : ce sont les contributions foncières. Les contributions mobilières sont réglées d'après le prix du loyer ; les patentes sont payées par les fabricants, les commerçants, les marchands, enfin tout ce qui se mêle d'industrie et de commerce. Il y a encore les contributions personnelles ; par cet impôt, quiconque ne possède ni maison, ni terres, ni forêts, ni boutique, ni fabrique, et se trouverait ainsi presqu'entièrement dispensé de toute redevance envers l'Etat, apporte sa quotepart à la masse générale.

HUBERT. — Cela me paraît juste.

HENRI. — Jusqu'à un certain point. Trente ou quarante sous par an de contributions personnelles, je suppose, sont plus lourds à porter pour celui qui vit de son travail, que cinq ou six cents francs pour celui qui a des fermes et des terres. Les hommes d'Etat l'ont senti, et si bien, que quelques-uns se sont déjà occupés des moyens à prendre pour dégrever de cet impôt la classe ouvrière et pour le laisser peser plutôt sur ceux dont l'argent est placé dans les fonds publics.

JEAN-LOUIS. — Les fonds publics ! Je ne comprends pas.

HENRI. — Les fonds publics, mon ami, c'est le trésor de la nation ; ce trésor se forme, comme tu viens de le voir, de ce que chacun y apporte de bon gré. Mais il n'est pas toujours plein. Ses revenus dépendent d'une foule de circonstances qui rendent le commerce plus ou moins actif, et par conséquent plus ou moins productif pour le gouvernement, puisque celui-ci prélève les droits sur tout ce qu'on vend et achète d'un bout de pays à l'autre, y compris les terres, les maisons. Rien ne peut passer, même par héritage, d'un individu à un autre, sans payer quelque chose à ce qu'on appelle le *fisc*. Pour suppléer à ce qui lui manque, le gouvernement a trouvé deux ressources : c'est d'ouvrir un emprunt, ce qui ne réussit pas toujours, et de tenir ouvert toute l'année un emprunt continuel. Ainsi tu as de l'argent; mais tu ne veux point le hasarder dans le commerce, ni acheter des maisons ou des terres; tu portes cet argent au trésor; il le prend et te donne en échange un contrat nommé *inscription*, par lequel il s'engage à te payer l'*intérêt* de cet argent, sur le pied de cinq ou de quatre francs pour cent francs par an.

JEAN-LOUIS. — Mais si je veux ravoir mon argent?

HENRI. — Tu vends ton inscription à un autre.

ÉTIENNE. — Comme cela, c'est de la poche de chacun que sort l'argent pour payer le chef de l'État, les ministres, enfin tous ceux qui travaillent au gouvernement ou à l'entretien de la chose publique.

MARIE-ANNE. — Monsieur Henri, est-ce que le gouvernement ne rend jamais cet argent que les uns et les autres lui prêtent pour qu'il leur paie une rente?

HENRI. — Je vous ai déjà dit que toutes les personnes qui ont des inscriptions peuvent les vendre à qui leur plaît quand elles n'en veulent plus; ainsi chacun a le droit de les acheter à leur possesseur, le gouvernement tout comme un particulier : il rachète donc, quand les circonstances lui paraissent favorables, afin d'éteindre une partie de la dette contractée par lui. Pour cette opération, il a fondé l'établissement connu sous le nom de *caisse d'amortissement;* cette caisse retire peu à peu de la circulation autant de *coupons* ou d'inscriptions de rente qu'il lui est possible, de même que le négociant retire du commerce ces billets, qui ont passé entre bien des mains avant de revenir à lui; il paie à celui qui les présente, reprend ses billets, et se trouve quitte.

HUBERT. — Il faut avoir une fameuse tête pour mener tout cela! Ah! quel métier que celui de souverain!

HENRI. — Chacun, dans ce monde, a son fardeau à porter; et qui veut avoir les honneurs, doit avoir aussi les charges.

ÉTIENNE. — Oh! ce ne serait pas moi qui voudrais devenir roi, ni général d'armée, ni ministre, ni préfet maritime, ni juge do paix!... A propos, monsieur Henri, j'ai lu quelque chose de drôle l'autre jour dans un vieux journal.

Hubert. — Ah! oui, la dame à qui l'on a tué son chat.

Étienne. — Le voisin a été condamné à payer à la dame vingt-cinq francs, je crois, une amende et les frais du procès. L'amende et les frais, c'est un revenant bon pour les juges, n'est-ce pas?

Henri. — Non, mon ami. On appelle *frais et dépens*, la somme allouée aux avocats, aux avoués qui ont plaidé dans l'affaire pour ou contre; *dommages et intérêts*, la somme allouée au gagnant. Quant à l'amende, elle entre dans les caisses de l'État. En général, les frais, les dépens sont si considérables qu'ils sont le plus souvent onéreux pour le gagnant comme pour le perdant. De là ce vieux proverbe : « Le plus mauvais arrangement vaut cent fois mieux que le meilleur procès. »

Hubert. — La dame, cependant, a gagné là vingt-cinq francs sans beaucoup de peine.

Jacqueline. — N'a-t-elle donc pas eu assez de peine de la mort de son pauvre chat?

Jean-Louis. — C'est drôle, qu'il en coûte vingt-cinq francs pour avoir tué un chat!

Henri. — Les animaux domestiques sont une propriété comme une autre, et mon voisin n'a pas le droit de me priver de ma propriété, quelle qu'elle soit.

Jean-Louis. — Pourtant, monsieur Henri, si mes animaux gênent le voisin; si mon chien le mord quand il passe; si mon chat va le voler dans sa cuisine...

Henri. — On a le droit de se plaindre, mais non pas de tuer le chien ou le chat. Les plaintes restent-elles sans résultat? il est des moyens pour obtenir justice; mais on ne doit pas se faire justice à soi-même.

Hubert. — Oh bien! moi, je croyais qu'un chat de plus ou de moins, ce n'était pas une affaire.

Henri. — C'en est une, non-seulement sous le rapport du

droit de propriété, mais encore sous celui des affections du cœur. Combien de malheureux n'ont d'autre ami sur la terre que le pauvre animal qui ne les fuit pas, quoique la misère et la maladie les accablent!... Et il sera loisible à qui voudra de leur enlever ce seul ami!

ÉTIENNE. — Non, cela ne serait pas juste.

HENRI. — Les Anglais, il faut le reconnaître, sont quelquefois plus humains que nous, parce que la raison supplée en quelque sorte chez eux au silence du cœur. Ils ont des règlements pour tout ce qui touche les ménagements à observer envers les animaux destinés à servir de nourriture à l'homme. Les contraventions à ces règlements, qui ont pour but de préserver les animaux de toute souffrance inutile avant le moment où ils passeront sous le couteau du boucher, sont punies sévèrement. Que l'homme se repaisse de leur chair, puisqu'il le faut; mais qu'avant de les mettre à mort il ne les torture pas; qu'il ne meurtrisse pas leurs membres par des liens serrés au point de faire jaillir le sang, par l'emploi d'une force brutale et sans but, et par mille recherches de cruauté qui le ravalent au-dessous de la brute.

JACQUELINE. — C'est ce que j'ai souvent pensé, en voyant comme on frappe, comme on tiraille ces pauvres veaux qu'on mène à la boucherie.

HENRI. — Ne vois-tu pas aussi trop souvent les charretiers ruiner leurs chevaux par les mauvais traitements dont ils les accablent? Cette conduite dénote un mauvais cœur, puisque c'est abuser de son pouvoir que de maltraiter sans sujet un animal qui nous écraserait, s'il avait la connaissance de sa force; un esprit stupide, puisque ces mauvais traitements mettront hors de service en peu de temps le meilleur cheval.

JEAN-LOUIS. — Je dirai cela à Pobian. Quand il mène à l'eau le cheval de son père, il le frappe sur la tête, sur les oreilles et partout avec le manche de son fouet.

MARIE-ANNE. — Et moi, je lui dirai les règlements des Anglais pour les animaux que l'on conduit à la boucherie. C'est qu'il n'est pas tendre, au moins, M. Pobian!

HENRI. — Par les bons traitements, il n'est rien qu'on n'obtienne d'un animal, même féroce, dès qu'on est parvenu à lui faire comprendre ce qu'on exige de lui. Tous sont capables d'attachement et de dévouement. On a vu, sur les champs de bataille, des chevaux gratter la terre près de leur maître qui nageait dans son sang, hennir douloureusement, et mourir enfin à cette même place; oui, mourir de regret et de douleur.

JEAN-LOUIS. — Pauvres bêtes! Et les chiens!... ah! les chiens! sont-ils bons!... sont-ils fidèles!... aiment-ils aussi leur maître!... Mais, pour les chats, je leur fais la guerre.

HENRI. — Dans cette maison, on a fait plus d'une fois l'expérience que le chat est tout aussi capable d'attachement que le chien, et jamais je n'oublierai mon pauvre Perruque. Il n'était déjà plus jeune lorsque je vins chez mon oncle, après avoir perdu mon père. Perruque s'attacha à moi comme un chien l'aurait pu faire. En ce temps-là, nous allions tous les ans, pour la pêche de la sardine, à une maison que possédait mon oncle à l'Armor. On laissait Perruque à Pontscorff avec la jardinière, qui l'aimait beaucoup; mais, du moment qu'il m'eut donné son amitié, rien ne fut capable de le retenir ici pendant que j'étais à l'Armor. Il s'échappait pour venir m'y rejoindre. Probablement il s'égarait en route; car il mettait huit jours à ce voyage, et il arrivait maigre à faire pitié. Lors de mon départ pour le collége de Vannes, il disparut pendant quelque temps, mais pour se laisser mourir de faim.

JACQUELINE. — Il était allé vous chercher à l'Armor, je parie!

HENRI. — C'est probable. Ne m'ayant point trouvé là-bas, et ne me trouvant pas ici au retour, il en prit tant de chagrin, que ni caresses ni cajoleries ne purent le consoler.

MARIE-ANNE. — Vous l'avez pleuré, j'en suis sûre?

HENRI. — Oui, vraiment, je l'ai pleuré; et, depuis, j'ai eu souvent l'occasion de remarquer que les animaux sont doués

de sensibilité à un degré plus ou moins prononcé. Il y a donc
de la cruauté à se faire un jeu de leurs souffrances; il y a de la
barbarie à torturer tout ce qui respire, même une mouche, car
une mouche a, comme nous, des nerfs et du sang; ces nerfs
sont doués, comme les nôtres, d'une sensibilité physique au
moins; ce sang circule comme le nôtre; ainsi, une piqûre
d'épingle, une patte arrachée, lui causent, relativement, une
douleur aussi vive que celle que nous font éprouver un coup
d'épée ou un membre cassé.

XIV. — LA LANTERNE MAGIQUE.

Il ne faut pas croire au moins que les habitants du village de
Pontscprff fussent privés de ce qu'on est convenu d'appeler du
nom de *plaisirs*.

D'abord il y avait et il y a tous les mois dans ce pays une
foire qui attire quelques marchands ambulants, des colporteurs,
des charlatans, des empiriques qui vous arrachent les dents
« sans douleur, messieurs, sans douleur! » quoique la figure
du patient témoigne assez du contraire. Il passe souvent aussi
sur la route de Hennebon des joueurs de vielle, des escamoteurs,
des danseurs de corde, des ménageries d'animaux sauvages, ou
bien encore des ours dansant le menuet, des chiens, des singes
des ânes savants.

Tout ce monde-là ne faisait qu'une halte de quelques heures.
Mais le spectacle impromptu ouvert sur la place donnait lieu
ensuite à des entretiens sans fin; on en avait bien pour huit
jours à se rappeler mutuellement toutes les merveilles qui
s'étaient opérées en si peu de temps.

Ce serait peut-être ici l'occasion de vous parler des jeux, des
usages particuliers au paysan bas-breton. Il met au premier
rang de tous les plaisirs la danse au son monotone du *biniou*
ou musette; et il a une foule de superstitions qui en font comme

un peuple à part au sein de la France. Mais j'ai à vous dire tant
de choses encore, et des choses si importantes, qu'il faut
renoncer à une foule de petits détails. Seulement je vous engage, quand de bons livres vous auront donné le goût de la
lecture, à étudier, dans vos heures de loisir, les mœurs, les coutumes des habitants de nos différentes provinces divisées maintenant en départements; vous verrez alors que, pour trouver
des singularités bien étranges, il n'est pas besoin d'aller courir
très-loin.

Les veillées du dimanche étaient remplies chez M. Arzanno
d'une manière aussi amusante qu'utile. Ceux qui aimaient la
lecture avaient à leur disposition des histoires de voyages, en-
richies de gravures; d'autres jouaient à *l'oie* avec un jeu nouveau, et qui représentait les monuments les plus importants de
la France entière; d'autres s'occupaient à dessiner au trait tout
ce qui les entourait. Il fallait s'ingénier pour suppléer aux
compas, aux règles, aux équerres; Henri voulait qu'on sût s'en
passer aussi bien que s'en servir. Un morceau de papier, plié
bien droit, remplaçait la règle; une épingle piquée dans la
table, et à laquelle un fil était attaché, et à ce fil un bout de
crayon noué, faisait l'office du compas pour tracer des ronds de
toutes les grandeurs que d'autres exécutaient à main levée.

Tout cela se passait à l'une des extrémités de la salle. Auprès
de la cheminée, M. Arzanno faisait une partie d'échecs avec le
docteur Carnoet; M. le recteur regardait le jeu, donnait des
conseils, ou bien il s'entretenait à mi-voix avec madame
Arzanno et ses belles-sœurs. On parlait des bonnes œuvres à
faire, des malades à secourir.

Pendant ce temps, les vieilles cousines veillaient au souper;
il se composait, le dimanche, pour les enfants dont la bande
était nombreuse, de bouillie d'avoine ou de mil, de crêpes en
abondance, de bon lait caillé ou de cidre-doux. Le cidre doux,
qui avait joué son rôle à la Toussaint, avec les châtaignes
bouillies ou rôties, le jouait encore à *la fête des boudins*, époque

à laquelle chaque fermier un peu à l'aise tue un porc, et régale de boudins et de porc frais son propriétaire et ses amis.

Mais c'était à Noël surtout qu'on s'amusait bien! Quelque temps qu'il fît, on se rendait à la paroisse de Lébin, éloignée de Pontscorff d'une lieue, pour entendre la messe de minuit. Au retour, couvert de neige ou trempé par la pluie, on s'approchait joyeusement de la cheminée où brûlait la bûche de Noël, accompagnée d'énormes quartiers de bois, et, après s'être réchauffé et séché, on faisait le réveillon.

Grâce à la bonté de M. Arzannu et à la prévoyance des vieilles cousines, il n'était guère de chaumière où l'on ne pût se donner, cette nuit-là, le plaisir du réveillon. Il est si facile de procurer quelques jouissances aux pauvres! A bien peu de frais on peut s'assurer le plaisir de se dire, en prenant place à table : « Dieu merci, je ne suis pas le seul en ce moment à fêter Noël! »

Les enfants du sabotier s'étaient fait une grande joie de chanter des noëls après le repas, mais Henri leur avait préparé une véritable surprise ; et M. le recteur avait voulu venir prendre sa part du plaisir bien nouveau, bien inattendu, que Henri allait donner à ses élèves ; car M. le recteur n'était point ennemi de ce qui peut amuser la jeunesse ; au contraire, il aimait à la voir heureuse et gaie, pieuse sans bigoterie, et bien pénétrée de cette vérité : que l'homme véritablement religieux, loin de blâmer ou de fuir les distractions innocentes, celles qui ne portent atteinte ni aux mœurs ni à la santé, les juge aussi nécessaires à la sérénité de l'âme qu'un exercice modéré est nécessaire à l'entretien des forces du corps.

« Que va-t-on donc faire? » demandaient les enfants du sabotier à leurs camarades, en s'asseyant sur les bancs dans la salle de l'école. Ils voyaient toute la famille prendre place, ainsi que M. le recteur et le docteur Carnoet, sur des fauteuils qui avaient été préparés pour eux devant un grand drap blanc suspendu le long de la muraille.

« Je ne sais pas, » répondaient ceux pour qui ces préparatifs étaient également nouveaux.

— « Je le sais bien, moi! s'écriaient Fabian, Simon et quelques autres; mais je ne vous le dirai pas. »

Quand tout le monde fut placé, Henri éteignit la seule lumière qu'il y eût dans la salle, et il se fit un profond silence.

Soudain un large cercle blanc se dessine sur la muraille recouverte par le drap, et un cri d'étonnement mêlé d'effroi se fait entendre.

« Comment, Marie-Anne, tu as peur! » dit Henri, qui avait reconnu sa voix au-dessus de toutes les autres.

Marie-Anne n'avait pas eu le temps de répondre, que déjà se montraient dans le cercle blanc *mad'amé la louné et moussié lé souleil*, auxquels succédèrent les beaux tableaux de la lanterne magique, tels que le savetier qui bat sa femme et le mitron qui tire le diable par la queue. Une voix nasillarde donnait les explications nécessaires avec un accent fortement prononcé et des expressions baroques : aussi les plus bruyants éclats de rire ne tardèrent pas à retentir d'un bout de la salle à l'autre.

Le spectacle dura une bonne heure, parce que Henri avait promis à l'Auvergnat de bien le récompenser s'il était content de lui, et l'Auvergnat faisait de son mieux pour amuser la compagnie. Il y réussit à merveille.

Mais si la surprise des enfants du sabotier avait été grande à la vue des scènes variées qui venaient de se passer sous leurs yeux, combien ne le fut-elle pas davantage encore lorsque, la salle ayant été éclairée de nouveau, ils purent contempler à leur aise le *magicien* et sa boîte !

« Laisse-nous examiner ta lanterne magique, dit Henri.

— Oh! *volontiers moussié*, tout *cé* qu'il plaira à vous et à la *compagnie*. »

Les enfants aussitôt formèrent un cercle serré autour de Henri.

En un instant il eut démonté la lanterne magique, en disant

à l'Auvergnat : « Si je casse ou si je dérange quelque chose, je te dédommagerai. »

Henri fit voir alors à ses élèves que cette lanterne, qui venait de produire des effets vraiment magiques, était composée, dans l'intérieur, d'un miroir concave ou creux, devant lequel on plaçait une lampe ; que, devant cette lampe, il y avait un verre rond, très-épais dans le milieu, aminci par les bords, et nommé *lentille* à cause de sa forme.

Cette première lentille, leur dit-il, reçoit non-seulement la lumière que donne la lampe, mais encore toute celle que réfléchit le miroir, et qu'il lui renvoie. Après cette première lentille, vous en voyez deux autres, n'est-ce pas? ce sont ces deux là qui portent là-bas, sur le drap, les tableaux peints sur ces morceaux de verre plats ; on fait passer les tableaux par cette ouverture, entre la première lentille et les deux autres... Rallume ta lampe, mon ami ; voici ta lanterne remontée... Eteignez cette chandelle, je vous prie... Maintenant, regardez tous du côté de la muraille... Il n'y a rien, n'est-ce pas, qu'un cercle tout blanc? Prenons un tableau au hasard.

POBIAN. — Vous le mettez la tête en bas, monsieur Henri !

HENRI. — C'est pour que les personnages se montrent à nous la tête en haut... Voyez plutôt.

POBIAN. — C'est vrai !... mais pourquoi cela?

HENRI. — L'explication de ce *pourquoi* nous entraînerait trop loin à présent, et vous ne la comprendriez probablement pas.

JEAN-LOUIS. — Oh! comme tous ces personnages si petits, ici, sont grands là-bas !

HENRI. — De chaque point du tableau il part des rayons que *réfléchit* ou *mire* la seconde lentille ; celle-ci les renvoie à la lentille qui forme le dehors de la lanterne magique ; et cette troisième lentille les renvoie à son tour sur le drap, en augmentant beaucoup, comme vous voyez, leurs dimensions.

ETIENNE. — Que c'est singulier !

Henri. — Rien n'est plus curieux que les effets produits par la science de *l'optique* : nous nous en occuperons un jour, quand vous serez familiarisés avec d'autres sciences tout aussi intéressantes et d'une utilité journalière.

Jean-Louis. — Mais, monsieur Henri, les figures qui sont peintes sur ces morceaux de verre plats ne bougent pas, et tout à l'heure elles dansaient !

Henri. — Tiens, les voilà qui dansent actuellement.

Jean-Louis. — Oui, elles ont l'air de danser, c'est vrai... Mais cela n'empêche pas que je ne peux comprendre comment le mitron est venu à bout d'arracher la queue au diable; car il la lui a arrachée, c'est sûr. »

Henri se fit donner les deux tableaux qui servaient à représenter cette scène.

« Voyez, dit-il aux enfants. De ce côté-ci est le diable sans queue, sur cet autre tableau est le mitron tenant à la main la queue du diable. Je glisse le premier tableau dans la lanterne magique, en le faisant suivre, sans intervalle, du second. De la main gauche je tiens le premier de ce côté-là de la lanterne; de ce côté-ci, avec la main droite, je donne de petits mouvements au second tableau : le mitron a l'air de tirer tant qu'il peut. Enfin il l'emporte, du moment que je sépare brusquement les tableaux; et vous, qui n'êtes pas dans le secret, vous croyez qu'en effet il vient d'arracher la queue au diable. Il en est de même pour la femme du savetier, qui vous *paraît* enlever à son mari le balai dont il la menaçait.

— Ah! je comprends ! s'écrièrent plusieurs voix. Pour représenter certaines choses, il faut absolument deux tableaux qu'on approche ou qu'on éloigne à volonté.

Henri. — C'est cela même.

Jean-Louis. — Mon Dieu! la jolie invention! et que c'est amusant !

Etienne. — Cela m'amuse davantage, à présent que je sais comment les choses se passent là dedans.

JEAN-LOUIS. — Qui donc a imaginé la lanterne magique, monsieur Henri?

HENRI. — Un religieux allemand, fort savant pour son siècle, et nommé Kircher. On fait aujourd'hui peu de cas des ouvrages de physique qu'il a publiés, parce que, depuis cette époque, la science est allée bien au-delà des découvertes de Kircher.

HUBERT. — Cela n'empêche pas que c'était un fameux savant, pour avoir trouvé cette belle invention!

HENRI. — Là-dessus, allons-nous coucher; il est bien près de trois heures du matin : notre magicien doit avoir besoin de dormir. Il lui faut prendre des forces pour se remettre en route demain.

Tous les enfants. — Quel malheur, que Noël n'arrive qu'une fois l'an.

M. LE RECTEUR. — C'est un bonheur, au contraire; la répétition des mêmes plaisirs les rend fastidieux; et c'est justement par l'effet de cette répétition que les riches s'ennuient.

JACQUELINE. — Oh! ça ne m'ennuierait pas de m'amuser tous les jours!

M. CARNOET. — C'est ce qui te trompe; on s'ennuie plus vite du plaisir que du travail.

M. ARZANNO. — D'ailleurs, les veilles trop prolongées fatiguent, et la fatigue nous rend à la fois malades et mécontents de nous-mêmes. On prend de l'humeur sans trop savoir pourquoi; on devient maussade : l'ennui arrive, et le temps paraît d'une longueur insupportable. M. le recteur a raison : la lanterne magique, comme tous les plaisirs du monde, ne peut amuser qu'une fois l'an. »

XV. — LE REVERS DE LA MÉDAILLE.

Dès le jour suivant, les enfants du sabotier éprouvèrent la vérité de ce que leur avait dit M. Arzanno sur l'effet d'une veille trop prolongée : ils avaient mal dormi; ils ressentaient de l'abattement, du malaise, et leur esprit ne pouvait s'intéresser à rien. Pendant la classe, ils furent distraits, et ils sortirent à l'heure de la récréation, peu disposés à jouer comme à l'ordinaire. Mais à la vue de l'Auvergnat, qui passait encore cette journée à Pontscorff, parce que M. le maire l'avait retenu pour le soir, tous se ranimèrent; ils coururent à lui, et l'entretien s'engagea. Cependant, loin d'y prendre plaisir, les cinq enfants paraissaient devenir de plus en plus mécontents : car leur figure devenait de plus en plus sérieuse, et ils rentrèrent pensifs.

Henri s'était bien aperçu, dans la journée, qu'il se passait en eux quelque chose d'extraordinaire; mais il n'avait fait aucune question. Ce fut seulement lorsqu'on se trouva réuni pour la veillée, qu'il dit à Etienne : « Qu'as-tu donc? Pourquoi cette figure allongée? »

Etienne et ses frères s'entre-regardèrent, et Jean-Louis s'écria : « Ah! c'est qu'il nous en a dit de belles, le marchand de lanterne magique.

ETIENNE. — Il est en chemin de devenir un franc vaurien!

HENRI. — Vous aurait-il conté son histoire?

ETIENNE. — Oui, monsieur Henri. Tout petit, il a abandonné père et mère pour aller courir le pays.

HUBERT. — Ses frères sont chaudronniers, marchands de peaux de lapins, charbonniers, fumistes, ramoneurs; mais lui, il n'est rien qu'un paresseux.

ETIENNE. — Moi j'ai cru, quand il nous a dit, qu'il avait voyagé dans toute la France, qu'il saurait nous raconter quelque chose d'intéressant et d'instructif... Ah! bien oui!... Il ne sait rien de rien; il n'a rien vu, rien regardé dans ses voyages.

MARIE-ANNE. — Et tout cela par sa faute. Il y avait dans la ville d'Aurillac, en Auvergne, son pays, un monsieur, un savant, qui voulait lui faire apprendre à lire, à écrire... enfin tout...

5

HUBERT. — Il n'a jamais voulu. Il n'aime pas à travailler...

ETIENNE. — Alors je lui ai demandé si c'était un bon état que de faire voir la lanterne magique. Il m'a dit que c'était selon les villes et les pays; qu'il y avait de ses camarades qui gagnaient de quoi vivre à ce métier; que, pour lui, il mangeait tout à mesure. Aussi, dans la belle saison, il demande l'aumône... Demander l'aumône quand on pourrait travailler!... Oh! cela m'a dégoûté de lui et de sa lanterne magique!

JACQUELINE. — Et quand il sera vieux, il ira, dit-il, à l'hôpital, ou bien ses frères le nourriront.

JEAN-LOUIS. — Le voyant si déguenillé, j'avais eu l'envie de vous prier, monsieur Henri, de faire quelque chose pour lui... Mais quand j'ai entendu tout cela, et comme il parle de son père et de sa mère...

HUBERT. — Oh! c'est un mauvais sujet fini! Ne nous a-t-il pas engagés à faire comme lui, à aller courir le monde ?... Alors Etienne lui a répondu : « Nous aimons mieux apprendre à travailler qu'à mendier. » Ce qui l'a fait rire. Et puis il s'est mis à se moquer de nous, à nous contrefaire les uns après les autres... Il a un fier talent pour les grimaces !

ETIENNE. — Oui, un fier talent! tout comme le paillasse de la foire dernière, et qui nous a tant fait rire.

HENRI. — Eh bien! vous avez dû rire encore aujourd'hui ?

ETIENNE. — Rire? ah! pour cela, non! J'avais le cœur tout serré de ce qu'il venait de nous raconter de sa vie. Encore autre chose : il a tiré de sa poche des cartes et des dés à jouer; il voulait, disait-il, nous faire faire une partie ou deux. Je lui ai dit que nous n'avions pas d'argent. « Non? a-t-il répondu; mais vous avez des habits, de bons habits; moi, je joue tout ce qu'on veut. » Et si vous aviez vu, monsieur Henri, comme ses yeux brillaient en disant cela; il avait un air... un air qui m'a presque fait peur.

HUBERT. — Etienne a raison, sa figure était laide à voir...

Et moi, hier, qui avais tant d'admiration pour lui, à cause de son talent à montrer la lanterne magique !

MARIE-ANNE. — C'est comme pour les danseurs de corde...

JEAN-LOUIS. — Et les escamoteurs...

ÉTIENNE. — Et ceux qui font danser l'ours et chanter l'âne savant. Il nous semblait que c'étaient de grands hommes, de grands génies bien respectables !...

HENRI. — « Tout ce qui reluit n'est pas or. » Si vous voulez un autre proverbe, j'ajouterai : « Rarement à courir le monde on devient homme de bien. » Ces divers métiers dont vous venez de parler, sont presque tous exercés par des gens à qui la paresse fait haïr le travail. Ils dressent leurs enfants à cette vie vagabonde, qui se passe aujourd'hui dans l'abondance, demain dans le dénûment le plus entier : aujourd'hui ils rient, ils font bonne chère; demain ils n'auront pas de pain; ils manqueront de vêtements, ils périront même de misère, si la charité publique ne vient pas à leur secours, ou bien ils prendront la route... qui mène aux galères.

Tous les enfants. — Oh! cela fait frissonner, rien que d'y penser !

HENRI. — Il se trouve de braves gens parmi eux, comme il s'en trouve dans toutes les classes de la société; mais le nombre en est petit, parce que les occasions de prendre des habitudes nuisibles sont journalières.

POBIAN. — Monsieur Henri, il ne faut point confondre, n'est-ce pas, les artistes qui représentent à Lorient de belles tragédies, de grands opéras, avec ceux qui vont jouer des farces dans les foires?

HENRI. — Non, assurément; pas plus qu'on ne confond les jeunes gens de bonne compagnie, qui passent leur vie au café, avec les ivrognes grossiers qui hantent le cabaret. Mais, si la différence d'éducation en met une très-grande entre les artistes et les bateleurs, il n'en est pas moins vrai qu'au fond leur existence est la même, c'est-à-dire une vie toute d'oisiveté, autrefois

surtout : et de là venait le préjugé qui faisait qu'on n'en admettait point dans la bonne société. Depuis la révolution, les
acteurs ou artistes de nos grands théâtres ont gagné dans l'estime publique, par le changement qu'ont subi leurs mœurs et
les nôtres. Ils ont prouvé qu'ils ne méritaient pas, tous, la
réprobation injuste dont on les avait frappés ; que, parmi eux,
il était des gens très-distingués, très-respectables ; qu'ils pouvaient être aussi bons concitoyens, que s'ils vivaient inconnus,
ignorés et exerçant quelque profession réputée plus honorable.
Cependant, si on les voit avec plaisir dans le monde, on les
reçoit rarement dans l'intimité : leur état exige nécessairement
une extrême liberté, qui peut quelquefois dégénérer en licence ;
et la preuve que les acteurs reconnaissent eux-mêmes les dangers du théâtre, c'est que presque tous font suivre à leurs enfants une autre carrière. Mais revenons aux bateleurs. Vous
avez fait aujourd'hui l'épreuve qu'il y a plus à perdre avec eux
qu'à gagner ; tâchez de ne pas oublier cette leçon. Sans les
dédaigner, sans les mépriser surtout, ce qui serait injuste,
évitez leur compagnie. D'ailleurs, mes enfants, il est une chose
bien avérée, c'est que les farceurs, les bouffons, qui exercent
leur talent sur les planches d'un théâtre ou sur les tréteaux de
la foire, dans un salon ou dans une veillée de village, n'ont pas
grand'chose dans l'esprit et dans le cœur. Otez-leur les jeux de
mots, les gestes grotesques, les grimaces, que leur restera-t-il ?
rien du tout, et vous n'aurez que des gens parfaitement ennuyeux.

SIMON. — Oh ! pour cela, rien n'est plus vrai ! J'ai un cousin
qui a couru les mers toute sa vie ; il a vu les Indes, la Chine, et
je ne sais encore quels autres pays. Eh bien ! monsieur Henri,
quand on lui dit : « Est-ce comme ceci, est-ce comme cela que
font les Indiens, les Chinois ? » ou n'importe, il ne vous répond
que par des *bamboches*. Cela nous amusait chez mon père, dans
le commencement ; mais, à la longue, cela devient ennuyeux.
Il y a mon oncle, le contre-maître, qui vient nous voir de temps

en temps : il a vu du pays celui-là, et ce n'est pas un *bambo-cheur*. Il raconte à faire plaisir. Voilà qu'il s'est fâché l'autre jour contre mon cousin, mon père aussi ; et ma mère a dit que Josselin pouvait se dispenser de revenir, parce que cela n'amusait personne d'entendre toujours la même chanson.

HENRI. — Ton oncle racontait apparemment, ce jour-là, quelque chose d'intéressant ?

SIMON. — Oui, monsieur Henri. C'était à propos du gros coton que file ma mère quand elle n'est pas occupée à la boutique. Mon oncle a-t-il eu une bonne idée, de dire à mon père de se faire marchand épicier et mercier !...

HENRI. — Si tu continues de la sorte, nous ne saurons rien du récit de ton oncle.

Simon rougit un peu, et répondit : « Voici ce que c'est. Mon oncle disait, en regardant le fil que faisait ma mère, et qui n'est pas fin : On file mieux que cela dans l'Inde, et la toile de coton qu'on y fait est si belle, qu'elle vaut bien notre toile de lin. — Bah ! dit mon père, cela n'est pas malin de filer du fil comme des cheveux, avec des machines. — Des machines ! a dit mon oncle. Est-ce qu'ils en ont dans l'Inde ? Ah ! bien oui ; moi, je suis allé à Masulipatham, où se font les plus belles percales, et à Madras, où ils fabriquent des mouchoirs si fins ; et je vous réponds que tous filent leur coton au fuseau. Je vous le donne en cent à deviner, comment travaillent les tisserands de ce pays-là !... Plondarnel, l'aspirant de marine, que le capitaine aimait beaucoup, et qui est allé faire un tour dans le pays, me l'a conté plus de cent fois. — Eh bien ! conte-nous-le aussi, a dit mon père. — D'abord, a dit mon oncle, il y a des villages entiers où tout le monde file, pères, mères, enfants, et cela de père en fils depuis Adam ; aussi ils y sont joliment habiles ! Et puis le fils d'un fileur devient fileur, comme le fils d'un tisserand devient tisserand ; les enfants ne peuvent pas avoir d'autre métier que celui du père.

JEAN-LOUIS. — C'était autrefois comme cela en France.

SIMON. — Et c'est toujours comme cela dans les Indes, à ce que dit mon oncle. — Vous faites bien de l'embarras, a-t-il dit encore, pour vos grosses toiles de chanvre; ils n'en font pas tant, eux, pour leurs belles mousselines. Tout autour de la ville de Dacca, au Bengale, il y a des villages où l'on ne fait autre chose que de la mousseline.

HENRI. — Et cette mousseline est si belle, que les poètes du pays la comparent à de l'*air tissé*.

— Tiens! vous savez cela, monsieur Henri! s'écrièrent les enfants tout surpris. Est-ce que vous êtes allé aux Indes?

SIMON. — Oh! puisque vous le savez, monsieur Henri, vous le direz mieux que moi; car je ne m'entends pas à raconter.

HENRI. — C'est un talent qu'il faut acquérir. Pour bien raconter, on doit savoir ce que l'on veut dire, et parler lentement, afin de donner aux mots le temps d'arriver... Non, je ne suis pas allé aux Indes; mais il paraît, d'après le rapport de tous les voyageurs, que les Indiens, avec des moyens plus bornés que les nôtres, font bien mieux que nous. Vous avez tous vu les métiers de nos tisserands; vous savez qu'ils se composent d'une *carrée* en bois. De chaque côté s'élèvent deux poteaux qui soutiennent la traverse d'en haut; à l'un des bouts du métier est un cylindre nommé *ensouple*, sur lequel on roule la *chaîne*; chaque fil de cette laine passe entre les dents de deux espèces de peignes appelés *lisses*, qui sont mobiles, et que le tisserand, avec le pied, abaisse tour à tour pour ouvrir passage à la navette.

JACQUELINE. — Monsieur Henri, ces peignes, dont toutes les dents sont en fil, s'appellent donc des *lisses?*

HENRI. — Je viens de te le dire. Le troisième peigne, dont les dents sont en bois, porte le nom de *chappe* ou *battant*. Les lisses sont suspendues à la traverse d'en haut par des cordes; le battant y tient aussi, mais par deux pièces de bois. La moitié des fils de la chaîne passe dans l'une des lisses, la seconde moitié dans l'autre, et tous passent ensuite entre les dents du battant. Tout étant prêt, le tisserand, assis devant son métier, et tenant à la main la navette, *ouvre la chaîne*, c'est-à-dire qu'il appuie le pied droit, par exemple, sur un morceau de bois nommé *marche*, qui correspond à l'une des lisses par une corde; à l'instant tous les fils passés dans cette lisse s'abaissent, et un passage est ouvert à la navette, que le tisserand lance de droite à gauche, puis il frappe avec le battant pour serrer le fil de *trame* qu'il vient de glisser entre les fils de *chaîne*. Il appuie alors le pied gauche sur l'autre marche, la seconde lisse s'abaisse à son tour; la navette est lancée de gauche à droite; le battant frappe sur le nouveau fil de trame, et ainsi de suite, jusqu'à la fin de la pièce de toile.

HUBERT. — A mesure que l'ouvrage avance, le tisserand roule devant lui la toile sur un cylindre pareil à l'ensouple.

HENRI. — Et il maintient l'étoffe tendue au moyen d'un outil appelé *temple*, et qui est garni à chaque bout de petites pointes de fer. Voyons maintenant comment s'y prennent les Indiens. La chaîne étant prête, ils la roulent sur un gros bambou; les fils sont passés tour à tour dans les lisses, puis entre les dents du battant, et mon Indien s'en va travailler à l'ombre de quelque tamarinier. Avec deux cordes, il suspend son battant par chaque bout de l'une des branches de l'arbre; il y suspend ensuite les lisses, en leur laissant le jeu nécessaire; l'ensouple de bambou sur laquelle la chaîne est roulée, repose à terre; le cylindre de devant, pour rouler l'étoffe à mesure qu'elle se fera, c'est un autre bambou soutenu par deux bâtons fourchus plantés en terre. Un trou a été creusé au-dessous des cordes qui tiennent aux lisses : l'Indien y met ses pieds, attache le bout de chaque corde à chacun de ses gros orteils, et, avec ces espèces d'étriers, il fait jouer les lisses, comme nos tisserands en appuyant le pied sur les marches. Sa navette est une baguette de bambou, plus longue que l'étoffe n'est large. Avec ce métier si imparfait, l'Indien se tire d'affaire tout aussi bien que nos bons tisserands, avec le métier le meilleur et le mieux conditionné.

HUBERT. — Il faudra que je prie Lahérée de me donner de vieilles lisses et un vieux battant pour construire, dans le jardin, sous le gros pommier, un métier à la façon des Indiens.

HENRI. — Pourquoi ne fabriquerais-tu pas tout cela toi-même? Comment ont fait les inventeurs des métiers de tisserands, auxquels personne ne prend garde, par la raison qu'on en voit partout? Ils ont essayé, tâtonné. Tu as, sur les inventeurs, l'avantage d'avoir *vu* ce que tu veux exécuter : il faudrait donc être bien peu industrieux pour ne point savoir en venir à bout. Prends un peigne de corne, dont tu enfonceras les dents dans une baguette de bois tendre, et tu auras un battant; avec d'autres baguettes et du fil, tu feras autant de lisses qu'il te plaira ; un morceau de manche de balai peut te donner un ensouple.

HUBERT. — Et un autre morceau me servira de cylindre pour rouler l'étoffe! Oh! je veux faire tout cela dès demain.

HENRI. — Si ton métier indien est construit avec goût, je te promets de lui donner place dans mon musée de modèles de machines, que j'ai exécutés en liége, sans autre outil que mon couteau. »

Voilà de quelle manière Henri parvenait à développer, chez ses élèves, le goût de l'instruction. Quelques mois avaient suffi pour rendre les jeunes sauvages méconnaissables. Aucun d'eux ne savait rien encore : mais ils avaient appris combien il y a de choses à apprendre, et c'était déjà beaucoup. Ils avaient en outre acquis, par leur propre expérience, la certitude qu'en effet, comme le disait sans cesse le docteur Carnoet, l'*homme peut tout ce qu'il veut*. Du moment qu'ils le *voulaient* tous, les difficultés de l'étude s'aplanissaient; alors ils réussissaient à comprendre ce que d'abord ils avaient cru ne pouvoir comprendre jamais.

XVI. — LE PREMIER JOUR DE L'AN.

Chaque année, Henri allait passer quelques jours à Lorient chez une sœur de son père; et toujours il faisait ce petit voyage à l'époque du nouvel an, époque si impatiemment attendue par les enfants de tous les pays. Ses élèves se l'étaient figurée à l'avance comme une grande fête; mais l'idée de l'absence prochaine de leur jeune protecteur les affligeait au point qu'ils ne pouvaient songer à autre chose.

Le projet de Henri avait été d'emmener Etienne et Hubert; il y avait renoncé, afin de ne point exciter de jalousies. En partant, il promit aux enfants du sabotier, pour les consoler, de les conduire tous à Lorient à la foire de Pâques.

Après son départ, il arriva plusieurs personnes chez M. le recteur, chez M. Carnoet, chez M. le maire. Aucun de ces étrangers ne daignait faire attention aux élèves d'Henri, excepté pourtant le cousin du docteur, M. Langonel.

Marie-Josèphe et sa petite famille étant allées le saluer, il parut surpris des progrès de ces jeunes sauvages dans la *civilisation*. Il les fit lire, écrire, compter, et leur témoigna beaucoup de bienveillance.

Après avoir donné à Marie-Josèphe des nouvelles de quelques parents éloignés qu'elle avait encore, il promit de se charger, lors de son retour à Kériquelle, des petits présents qu'elle leur destinait. Ensuite M. Langonel la congédia d'un air plein de bonté, et engagea les enfants du sabotier à venir jouer le soir avec les siens; car il avait amené sa famille.

Le jour de l'an parut enfin. Marie-Josèphe, les yeux baignés des larmes de la reconnaissance, conduisit ses enfants à l'appartement de M. et de madame Arzanno. Elle voulut dire quelques mots sur les sentiments dont elle était pénétrée; mais elle éclata en sanglots.

« Embrassez-moi, Marie-Josèphe, dit M. Arzanno; et vous

aussi, mes enfants. Ma femme et moi nous devinons les vœux que vous formez pour nous : le ciel les exaucera, je l'espère. »

Les enfants étaient émus comme leur mère. D'un air embarrassé, ils présentèrent chacun une page d'écriture.

« N'avez-vous rien préparé pour Henri? demanda madame Arzanno, qui venait de les embrasser aussi.

JEAN-LOUIS. — Oh! si fait, Madame!

ETIENNE. — Nous ne pouvions pas oublier cela!

MARIE-ANNE. — La femme Eliant m'a bien promis que M. Henri aurait le paquet ce matin sans faute.

M. ARZANNO. — Que lui avez-vous donc envoyé?

JEAN-LOUIS. — Nous lui avons écrit chacun une lettre.

JACQUELINE. — Ma mère lui a tricoté des bas, et moi des jarretières; Marie-Anne lui a ourlé et marqué une belle cravate toute rouge que ma mère avait achetée...

MARIE-JOSÈPHE. — Tais-toi donc!

MADAME ARZANNO, *en souriant*. — Laissez-la dire. Et après?

JACQUELINE. — Hubert lui a fait un métier de tisserand indien, bien gentil vraiment. Etienne lui envoie le... le plan, c'est ça, le plan du jardin, qu'il a arrangé le plus proprement qu'il a pu; et Jean-Louis s'est imaginé de calquer, pour M. Henri, la figure du monde entier, avec toutes les rivières, tous les pays et tous les noms qui sont dessus.

M. ARZANNO. — Bien, mes enfants. Henri, j'en suis sûr, comptera, au nombre des vrais plaisirs de ce jour, celui qu'il devra à ces marques de votre souvenir et de votre reconnaissance. Je suis certain aussi qu'il ne vous aura pas oubliés. L'intention de ma femme et la mienne étaient de vous donner quelques bagatelles; mais nous préférons vous mettre à même de les choisir à votre goût. Cet argent est le premier que vous ayez eu en votre possession : faites-en ce qu'il vous plaira. »

Avant la fin de la journée, chacun des enfants du sabotier avait vu se grossir son petit trésor, qui montait le soir à la somme *énorme* de cinq francs. Monsieur le recteur était le seul qui ne leur eût pas donné d'argent : il leur avait fait cadeau de livres de piété, et ce fut là tout ce qu'ils eurent à montrer aux jeunes Langonel, lorsque, le soir, ils allèrent jouer avec eux et avec d'autres enfants réunis chez M. Carnoet.

A la vue de toutes les jolies choses, des joujoux, bonbons qui furent étalés à leurs yeux, ils ne purent s'empêcher d'éprouver un léger mouvement d'envie, et de se dire tout bas : « Que les riches sont heureux ! » Et un sentiment pénible vint gâter cette journée, qui avait commencé sous de si doux auspices. Les trois plus jeunes, Marie-Anne, Jacqueline et Jean-Louis, avaient cru pouvoir, avec leurs cinq francs, contenter tous leurs désirs, mais ce qu'ils venaient d'admirer en avait fait naître en si grand nombre dans leur âme, qu'ils se sentaient pauvres... oh ! bien plus pauvres que la veille, où ils n'avaient pas un denier à leur disposition.

Le jour suivant, ils étaient chagrins et mécontents d'eux-mêmes, sans trop savoir pourquoi.

« C'est drôle, disait Jean-Louis, comme on s'ennuie toujours le lendemain des fêtes !... Que je suis donc fâché d'avoir dépensé hier presque tout mon argent pour acheter ce polichinelle et cette mauvaise charrette, dont je ne me soucie plus !... J'aimerais mieux avoir encore les trois francs qu'ils m'ont coûtés.

JACQUELINE. — C'est comme moi ; ma poupée, habillée en dame de la ville, est déjà toute vilaine.

MARIE-ANNE. — Il fallait être raisonnable, et employer votre argent à des choses utiles.

JACQUELINE. — J'aime bien cela ! des choses utiles ! quand on a mis cinquante sous dans un ruban bleu et argent pour se faire un *taliguenn* (1) des jours de fête ! Est-elle coquette !

ETIENNE. — Eh bien ! n'allez-vous pas vous disputer, maintenant.

(1) Le *taliguenn* est un bandeau en ruban qui retient les cheveux et couvre une partie du front sur la coiffe ; il forme une partie importante de la coiffure des paysannes et des artisanes bretonnes.

JEAN-LOUIS. — Comme il est fier, parce que, excepté les vingt sous que chacun de nous a donnés pour acheter un tablier d'indienne à ma mère, il a gardé tout son argent! Hum ! le vilain avare.

HUBERT, *avec chaleur.* — Etienne n'a plus rien. Je le sais, quoiqu'il ne me l'ait pas dit.

JACQUELINE. — Alors, qu'a-t-il fait de son argent?

HUBERT. — Il l'a donné à la femme Gourin, pour l'aider à payer son loyer.

— Et toi, Hubert, reprit Etienne, qui était devenu fort rouge, tu n'as plus rien non plus. Est-ce que je ne t'ai pas vu apporter du grain chez le vieux Bannalec, et une paire de sabots à la mère d'Eustache, qui ramasse des chiffons pour la papeterie de M. Locminé? »

Hubert rougit à son tour ; il y eut un moment de silence.

MARIE-ANNE. — J'ai regret de n'y avoir pas pensé plus tôt ; j'aurai pu donner aussi des sabots ou un mouchoir de cou à la petite Pascale...

JEAN-LOUIS. — Savez-vous une chose? Mettons ensemble ce qui nous reste, et l'un de nous ira le porter à M. le recteur pour les pauvres ! Hein ! voulez-vous ?

JACQUELINE. — Ce ne sera toujours pas moi qui porterai cela chez M. le recteur.

MARIE-ANNE. — Ni moi.

JEAN-LOUIS. — Ni moi !... Si fait ; j'y vais tout de suite : donnez ce que vous avez. »

Un quart d'heure après il était de retour.

« J'ai tout mis, dit-il, dans le tronc pour les pauvres, à la porte de l'église, et personne n'en a rien vu. Que je suis donc joyeux, ajouta Jean-Louis en sautant dans la chambre, de n'avoir plus d'argent, plus du tout !... Depuis avant-hier qu'on m'en avait tant donné, je n'ai pas été content, mais là, ce qui s'appelle *content,* un seul petit moment ! J'avais envie de ceci, de cela, et quand je pensais à tout ce que je ne pouvais pas acheter, faute d'être assez riche, oh ! cela me serrait le cœur... Vilain argent ! maudit argent !

JACQUELINE. — A présent que j'y pense, nous aurions dû réunir ce qui nous restait, et le porter nous-mêmes à la paralytique du Bas-Pontscorff.

JEAN-LOUIS. — M. le recteur le lui donnera.

ETIENNE. — Jacqueline a raison. Comme le dit M. Henri, mettre dans le tronc pour les pauvres, ce n'est pas être vraiment charitable : c'est se dispenser des soins qu'on doit prendre de ceux qui souffrent.

JEAN-LOUIS. — C'est vrai, j'ai eu tort. Moi, je n'ai songé qu'à me débarrasser de ce qui me gênait. La vilaine chose que l'argent !

ETIENNE. — Il en faut pourtant. Ici, nous avons tout ce qui nous est nécessaire ; mais quand nous travaillerons pour vivre, nous serons bien heureux d'en gagner !

MARIE-ANNE. — Oh ! c'est tout différent ! Celui qu'on gagne, on regarde à le dépenser : la peine qu'on s'est donnée pour l'avoir, rend économe ; mais celui qu'on reçoit en cadeau, il semble qu'on achèterait avec le monde entier... et pas du tout ; alors on devient tout je ne sais comment.

JEAN-LOUIS. — Moi, si M. Henri veut m'en donner pour mes étrennes, je lui dirai que j'aime mieux autre chose... n'importe quoi. »

Etienne et Hubert étaient les seuls qui ne parussent pas mécontents d'avoir eu un peu d'argent à leur disposition, et de l'usage qu'ils en avaient fait.

Henri revint le 3 janvier. Son retour répandit la joie la plus vive dans la maison de M. Arzanno ; cette joie brillait sur tous les visages, s'exprimait plus encore par les regards que par les paroles. Lui-même éprouvait un bonheur grand à se retrouver sous ce toit où chacun l'aimait, et au milieu de ses élèves si empressés, si reconnaissants.

Les jeunes Langonel étant venus passer la soirée chez

M. Arzanno, les enfants du sabotier auront, à leur tour, des étrennes à montrer.

« M. Henri, disait Jean-Louis, n'a oublié personne, personne absolument. Son oncle, ses tantes, M. le recteur, M. le docteur, ils ont tous eu de beaux cadeaux. Et ma mère donc! est-elle fière de sa belle jupe à fonds blanc! et Marie-Anne, et Jacqueline, comme elles feront les *pimpantes*, aux Rois, avec leurs déshabillés neufs!

ÉTIENNE. — Voyez la bonne serpette et le bon greffoir! Mes autres outils de jardinier sont de même fabrique!

HUBERT. — Et moi, me voilà monté comme un menuisier en meubles. C'est pourtant le métier de tisserand indien qui me vaut cela!

JEAN-LOUIS. — Moi, j'ai toute la France découpée dans cette boîte... Mais je ne peux pas venir encore à bout d'en faire une carte entière... Qui est-ce qui veut m'aider?

JACQUELINE. — Oh! regardons auparavant tous les livres de classe que M. Henri a apportés...

MARIE-ANNE. — Et les tableaux de calcul, d'histoire et d'orthographe, que M. Henri m'a chargée de placer dans la salle de l'enseignement mutuel!

— Tu t'y prends mal pour faire ta carte! s'écria le jeune Langonel; et il montra à Jean-Louis par où il fallait commencer. — Tiens, mets d'abord, au milieu, le département du Cher; au nord, celui du Loiret; à droite, celui de la Nièvre; à gauche, ceux de Loir-et-Cher et de l'Indre; et au midi, les départements de la Creuse et de l'Allier : nous allons grouper tous les autres autour de ce noyau. »

La soirée fut presque toute employée à faire et à défaire la carte de France, seulement pour voir à leur place les cinq départements qui forment ce qu'on appelait autrefois la province de Bretagne.

Le lendemain de bonne heure, les enfants du sabotier étaient réunis chez Henri. Il écoutait en souriant le récit que chacun faisait tour-à-tour de sa tristesse, de son ennui pendant l'absence si longue de celui qui était tout ensemble, pour eux, un maître et un ami. Jean-Louis et ses deux sœurs se plaignaient avec beaucoup de vivacité des airs qu'avaient pris envers eux les petits amis des jeunes Langonel.

« On aurait dit, s'écria Marie-Anne, que c'était un grand honneur qu'ils nous accordaient, que de nous permettre de toucher aux joujoux dont ils ne se souciaient pas !

JEAN-LOUIS. — Et une fois ils nous ont traités de petits sabotiers ; ce qui m'a mis dans une colère...! »

L'enfant s'arrêta tout confus en voyant rire son jeune protecteur, qui lui dit : « Ah ! cela t'a mis en colère !... Et pourquoi donc ?

JEAN-LOUIS, *en hésitant*. — Mais, monsieur Henri, cela n'était pas honnête.

HENRI. — Pourquoi n'était-ce pas honnête ? Ton père n'était-il point sabotier ? et ne serais-tu pas devenu également sabotier si tu fusses resté à Kériquelle après mon départ ?

ÉTIENNE. — C'est ce que je lui ai dit ; je l'ai dit aussi aux deux petites. Mais voyez-vous, monsieur Henri, comme ils vont de pair à compagnon avec les enfants du village, ils croient qu'il doit en être de même avec tous les autres. Moi, je dis qu'il faut se tenir à sa place, afin qu'on n'ait pas la fantaisie de vous y remettre ; qu'il faut fréquenter ses égaux, plutôt que de vouloir se mêler avec des gens qui vous dédaignent, parce qu'ils ne sont pas obligés de faire un métier pour vivre, et qu'enfin ce n'est pas une honte d'être le fils de son père. Tu auras beau faire, Jean-Louis, que tu deviennes un jour général ou n'importe quoi, tu n'en seras pas moins le fils d'Yves Lerun, sabotier : et les orgueilleux, les grossiers, les gens mal élevés, qui croiront te dire une injure en t'appelant sabotier, montreront seulement qu'ils ne savent point vivre, et que l'esprit n'est pas leur fort. Cela ne peut donc faire de tort qu'à eux, et voilà !

— Bien, Étienne ! dit Henri en lui tendant la main d'un air

satisfait : tu seras un homme, toi ! Mes enfants, le bon sens seul doit suffire pour nous faire comprendre que nous avons tout à perdre et rien à gagner dans la compagnie de ceux qui nous dédaignent à cause de l'obscurité de notre naissance : il faut donc nous éloigner. Si, au contraire, le hasard nous rapproche des gens que les lois de la société ont faits nos supérieurs, et que ceux-ci, doués d'un esprit juste, d'une raison éclairée, voient en nous l'homme qui peut s'élever par l'éducation au-dessus de son état, c'est à nous, en jouissant des témoignages de leur bienveillance, de nous souvenir que nous sommes les fils d'un pauvre sabotier. Rougir de sa naissance, n'appartient qu'aux sots ; se sentir humilié lorsqu'on nous la rappelle, c'est le lot d'un petit esprit ; et dédaigner ses égaux, en quelque position que le hasard nous place, c'est la marque d'un misérable orgueil, fait pour exciter, chez les gens qui pensent, le rire ou le mépris. »

Jean-Louis, les deux petites filles, et même Hubert, rougirent ; ils avaient été tout près de se donner aussi *des airs* avec leurs camarades, parce que, le jour de l'an, ils s'étaient trouvés engagés à aller faire la veillée chez M. Carnoet, et parce que ces camarades n'avaient pas reçu la même invitation.

« Quand on a l'esprit trop faible, continua Henri, pour ne point savoir se dire, en voyant toutes les superfluités dont s'entourent les riches : « Que de choses dont je peux me passer ! » et quand on n'a pas assez de fermeté d'âme pour sentir qu'il n'y a rien d'humiliant à être le fils d'un sabotier, il faut éviter les gens riches et orgueilleux de leurs richesses ; à moins que pour en obtenir quelque faveur, on ne veuille s'humilier en effet au point d'endurer patiemment leurs caprices et leurs dédains.

— Pour cela, non ! s'écria Jean-Louis les larmes aux yeux.

— Alors, mon ami, reprit Henri, vis parmi tes égaux. Si le sort te favorise un jour, si l'éducation que tu reçois t'élève au-dessus d'eux, tâche de te souvenir du sentiment pénible que t'a fait éprouver l'orgueil de ceux qui se croyaient au-dessus de toi, et jamais tu n'auras à te reprocher de le faire éprouver à d'autres. »

XVII. — DE CE QU'ON PEUT FAIRE AVEC UN FILET D'EAU.

Ce fut seulement après la fête des Rois que les veillées reprirent leur cours habituel. Les enfants, distraits par tout ce qu'ils avaient vu et entendu au renouvellement de l'année, comprirent comment les gens qui passent toute leur vie à s'amuser, n'ont jamais ni le temps ni la volonté de rien faire, et comment, de cette oisiveté, naissent la satiété et l'ennui.

« Après une veillée où nous avons appris quelque chose, disait Etienne, je me sens tout content, tout à mon aise, et disposé à la gaîté, au lieu que les lendemains de fête je suis si las, que je n'ai pas le cœur à l'ouvrage. Monsieur Henri, vous nous avez promis l'autre jour, à propos de ma serpette, de ma bêche, de mon râteau, de nous dire quelque chose au sujet du fer : voudriez-vous nous le dire ce soir? cela nous remettrait en bonnes dispositions pour commencer demain la semaine.

HENRI. — Mais il me semble vous avoir lu un article assez long sur le fer, dans le dictionnaire d'histoire naturelle?

HUBERT. — Oui, monsieur Henri, je m'en souviens bien... c'est-à-dire que non; je ne m'en souviens pas trop, attendu qu'il y avait tant de grands mots dans ce livre!...

HENRI. — Tu as retenu cependant quelque chose?

HUBERT. — Ce n'est pas moi, c'est Jean-Louis. D'ailleurs vous n'avez pas tout lu ce soir-là.

HENRI. — Où en étais-je resté? Te le rappelles-tu, Jean-Louis?

JEAN-LOUIS. — Au commencement, monsieur Henri; à l'endroit où après avoir dit qu'on ne sait pas à quelle époque les anciens peuples eurent idée de la manière de tirer parti du fer, on raconte que, pour débarrasser le minerai de la terre qui s'y trouve mêlé, il faut le laver, en l'agitant, dans une fosse nommée *patouillet*, et, quand il est sec, le porter aux fourneaux pour le faire fondre.

MARIE-ANNE. — Et ensuite, qu'il coule tout fondu, comme des ruisseaux de feu, par des rigoles de sables, et qu'il arrive alors dans des moules aussi en sable, où il se change... dame! j'ai oublié le mot.

HENRI. — En *lingots*, pesant de huit à neuf cents kilogrammes.

— C'est cela? s'écrièrent tous les enfants.

HENRI. — Il me semble vous avoir lu encore que ce fer de fonte, ou fer en gueuse, ne passe point sous le marteau pour les objets en fer coulé, tels que les marmites, les boulets, les plaques de cheminées, les tuyaux de conduite pour le gaz, pour les eaux, etc.; il subit seulement une nouvelle fusion, et, quand il est redevenu liquide, on le fait arriver dans d'autres moules, où il prend toutes les formes, toutes les empreintes qu'on veut. Mais pour les outils, c'est le fer forgé qu'on emploie.

JEAN-LOUIS. — C'est toujours avec le fer en gueuse qu'on fait le fer forgé, je me souviens aussi de cela. Tenez, monsieur Henri, vous en étiez à nous parler de ce fer refondu d'abord, puis coulé en lingots plus petits.

HENRI. — On les transporte, quand ils sont à moitié refroidis, sur une enclume, où les bat et les rebat en tous sens un *martinet*, petit marteau du poids de cinquante à cent kilogrammes.

POBIAN. — Quel martinet! c'est donc un géant, un énorme géant, qui forge avec ce gentil marteau?

HENRI. — Vous savez tous qu'il n'y a pas plus de géants que de fées. Pour mettre en mouvement ce marteau et les tenailles proportionnées au poids du lingot qu'elles transportent et retournent sur l'enclume, il ne faut pas d'autre géant... qu'un filet d'eau.

HUBERT. — Ah! monsieur Henri, un filet d'eau.

HENRI. — Oui, un filet d'eau, si l'on compare la masse d'eau qui met en jeu ces immenses rouages, ces immenses machines, avec la masse que cette eau fait mouvoir.

ÉTIENNE. — C'est inconcevable! Mais, monsieur Henri, comment l'emploie-t-on, ce filet d'eau?

HENRI. — Sais-tu comment s'emploie l'eau qui sert à faire tourner les meules du moulin à farine et à faire jouer les pilons du moulin à tan?

JEAN-LOUIS, *vivement*. — Je le sais, moi!

HENRI. — Eh bien! voyons, mais explique-toi clairement, parce qu'il se trouve ici des enfants qui n'ont jamais eu la curiosité d'entrer au moulin pour voir comment se fait la farine, quoiqu'ils en mangent tous les jours.

JEAN-LOUIS. — Monsieur Henri, faut-il commencer par le dehors ou par le dedans?

HENRI. — Par le dehors! Comment veux-tu que nous comprenions le mouvement des meules dans l'intérieur, si nous ne savons pas ce qui le produit?

JEAN-LOUIS. — Il y a donc, en dehors du moulin, la grande roue; elle est attachée à un essieu, et elle tourne avec lui.

HENRI. — Mais l'essieu n'est pas en l'air?

JEAN-LOUIS. — Non, non; il s'appuie, par les deux bouts, sur les petits murs qu'on appelle les *coursiers du moulin*.

HENRI. — Dis encore qu'à ces deux bouts sont ajustés des *tourillons* en fer, qui reposent et tournent sur des *coussinets* en fonte, en cuivre ou en pierre, peu importe.

JEAN-LOUIS. — C'est vrai. L'eau arrive sur la roue et la fait tourner.

HENRI. — Comment la fait-elle tourner? A quoi servent les *aubes*, ou planchettes inclinées, dont la roue et garnie tout autour.

JEAN-LOUIS. — Ce sont justement, monsieur Henri, ces planchettes qui font que la roue tourne. Elles sont placées comme cela en pente : l'eau frappe dessus, les pousse, et la roue va.

HENRI. — Et si elles étaient droites, au lieu d'être *en pente?*

JEAN-LOUIS. — La roue ne tournerait pas alors, parce que l'eau passerait outre sans *taper* dessus. Oh! le meunier et Mathieu m'ont bien expliqué le pourquoi de la chose!

HENRI. — Continue. Voici la roue en mouvement; allons voir à présent ce qui se passe dans l'intérieur du moulin.

JEAN-LOUIS. — Ah! c'est ici que cela devient embarrassant!

HENRI. — Pourquoi donc?

JEAN-LOUIS. — A cause de la *lanterne*; ce qu'on nomme la lanterne dans le moulin, vous savez?

HENRI. — N'en peux-tu faire une avec des cartes et des allumettes?

Jean-Louis courut à la cuisine, d'où il rapporta un paquet d'allumettes. Les vieilles cousines lui ayant donné des cartes et des ciseaux, il découpa deux ronds qu'il perça d'un trou au milieu, et de huit trous plus petits tout autour. Dans les petits trous de l'un des ronds des cartes, il fit entrer tour à tour les pointes de huit allumettes, et les autres pointes dans les petits trous de l'autre rond; de sorte que les allumettes se trouvaient arrêtées en haut et en bas par leurs extrémités. Une allumette plus grosse fut passée dans les grands trous, haut et bas, du milieu, et Jean-Louis dit joyeusement : « Voilà ma lanterne faite... Monsieur Henri, si vous voulez me donner encore deux cartes, je mettrai là, en bas du pivot de la lanterne, la meule qu'on appelle *courante*, et qui tourne avec la lanterne; avec l'autre carte, je ferai la roue à dents, vous savez, qu'on appelle *le rouet* du moulin. »

Jean-Louis eut bientôt découpé la meule courante à l'extrémité inférieure du pivot de la lanterne; puis il découpa un autre rond de carte, et fit autour des entailles qu'il releva ensuite tantôt d'un côté, tantôt de l'autre.

HENRI. — Il faut abattre les dents qui sont derrière. Tu sais que le rouet n'en a que par devant.

JEAN-LOUIS. — C'est vrai... Maintenant, regardez tous!

Il était enchanté d'avoir réussi; mais il s'embrouilla bientôt dans l'explication qu'il voulait donner de l'effet produit par le rouet et la lanterne, et il pria Henri de venir à son secours.

HENRI. — L'un des bouts de l'essieu, qui porte, comme vous le savez, la roue à aubes que l'eau fait tourner, passe à travers la muraille; il vient recevoir, dans l'intérieur du moulin, cette roue dentée nommée *rouet*. Le rouet, solidement attaché à l'essieu, suit, dans l'intérieur, le mouvement que fait la grande roue au-dehors, c'est-à-dire qu'il tourne comme elle; chacune des dents dont il est muni tout autour accroche, en passant, les bâtons de la *lanterne*; la lanterne, forcée de tourner à son tour, fait tourner la meule courante que vous voyez montée à l'extrémité du même pivot; en même temps la pièce de bois nommée *battant* est mise en jeu par le mouvement de la lanterne; le battant frappe sur la trémie, qui contient le grain à moudre; de la trémie, le grain tombe dans l'auget entre les meules, dont celle de dessous a reçu le nom de *gisante*, parce qu'elle ne bouge pas.

JEAN-LOUIS. — Et quand il n'y a plus de grain dans la trémie, le poids qui est placé sur le grain, étant arrivé au fond avec lui, tire la corde à laquelle il se trouve attaché : la corde tire une sonnette, et le garde-moulin accourt pour remplir de grain la trémie.

HENRI. — Afin de compléter la description de l'intérieur d'un moulin à moudre le grain, je vous dirai qu'en éloignant ou qu'en approchant les meules, on obtient le degré de grosseur ou de finesse dont on veut avoir la farine. A mesure que le grain est pulvérisé, la farine et le son mêlés ensemble sortent par l'*anche*, ouverture pratiquée vers le bord de la meule inférieure. Dans ce pays les moulins n'ont point de *bluteaux*; ce sont nos boulangères qui blutent la farine, en la faisant passer à travers des espèces de tamis garnis d'étoffes de différentes épaisseurs. Partout ailleurs les moulins sont munis de bluteaux que la lanterne met en mouvement; ce qui donne une grande économie de temps et de main d'œuvre.

» A présent, revenons à notre roue *hydraulique*, ce qui veut dire *à eau*, ou bien roue *à aubes*, si vous l'aimez mieux, à notre rouet et à notre lanterne ; ces choses forment la base fondamentale du mouvement, partout où l'on a besoin d'un moteur vigoureux pour faire travailler à la fois plusieurs machines destinées, soit à soulever de lourds fardeaux, tels que les martinets des forges, soit à amener des lingots pesant de cinq cents à mille kilogrammes sur une large enclume, et à les y tourner en tout sens, comme le font les pinces ou énormes tenailles dont je vous ai déjà parlé. La roue hydraulique imprime le mouvement au rouet, qui le communique à la lanterne ; celle-ci, au pivot sur lequel elle est fixée ; et le pivot, non plus à une meule, mais à une roue dentée tout autour. Une autre roue également dentée, vient s'engrener dans la première ; puis une autre, et encore une autre, s'il est nécessaire : au moyen de ces divers engrenages, combinés pour l'effet qu'on veut produire, le mouvement est communiqué de proche en proche avec une régularité parfaite. Les martinets s'élèvent et retombent sans cesse dans les forges. Dans les fonderies, les forges-laminoirs et autres usines, le fer est coupé en long, en large, aplati, aminci, tenaillé, tiré de cent et cent façons ; il se transforme en barres plus ou moins épaisses, à profils divers, en poutrelles, en lames aussi minces que du papier, en fils gros comme le doigt, qui arriveront plus tard à la finesse d'un cheveu. Le même moteur met en jeu dans les papeteries les cylindres armés de lames d'acier qui déchirent le chiffon et le réduisent en pâte ; et, pour obtenir ces résultats, plus ou moins prodigieux, il ne faut comme je vous le disais, qu'un filet d'eau ; habilement ménagée cette eau acquiert d'autant plus de force, qu'elle a un courant plus rapide et une chute plus élevée. Ainsi, au lieu de laisser couler un ruisseau, par exemple, qui suffirait à peine pour mettre en mouvement une roue hydraulique toute seule, on emploie divers moyens admirables dans leur simplicité, pour faire arriver ces eaux jusqu'à une certaine hauteur ; de cette hauteur elles tombent sur la roue hydraulique avec une vitesse qui centuple leur poids naturel. Vous concevez que les aubes, frappées violemment par l'effet de la chute, reçoivent une impulsion plus vive, et que la roue, en tournant plus vite et sans relâche, devient ainsi un moteur tout puissant.

JACQUELINE. — Ah! Seigneur mon Dieu! que de choses on peut donc faire avec un filet d'eau!

HENRI. — Les roues hydrauliques ont été appliquées à bien des usages; je ne vous ai indiqué qu'un très-petit nombre des fabriques où l'on s'en sert habituellement. Sur les hauteurs et dans certains pays où l'eau manque tout à fait, on a essayé de suppléer à ce moteur et d'y substituer le vent. Mais le vent ne souffle pas avec une force égale dans toutes les saisons de l'année; les grandes ailes du moulin demeurent souvent immobiles, ou bien elles tournent avec trop de lenteur pour communiquer dans l'intérieur le mouvement nécessaire : il a donc fallu borner l'usage des moulins à vent à la mouture de la farine, du noir d'ivoire et du tan.

» Eh bien! avec un filet d'eau moindre encore en volume que le plus petit ruisseau, on produit des effets qui passent toute croyance. L'un de nos plus beaux génies, Blaise Pascal, dont les écrits sont immortels, a découvert le premier que la *pression* peut se communiquer à travers les fluides, l'air et l'eau, et par ce moyen, être centuplée. A cette découverte est due la presse hydraulique de l'invention de l'anglais Bramah. L'eau, renfermée dans un tuyau un peu plus gros que le doigt, pressée, comprimée par un piston, va soulever la partie inférieure de la presse hydraulique, si utile et d'un usage si répandu. La pression ainsi exercée est telle, qu'il arrive quelquefois que la presse entière, solidement construite en fer coulé, éclate, si l'on néglige d'arrêter à temps l'effet de ce filet d'eau auquel rien ne résiste.

» Voilà pour l'eau *courante* et pour l'eau *comprimée*, toutes deux à l'état liquide. En hiver, comme vous l'avez déjà remar qué sans doute, l'eau se glace et devient solide; mais au lieu de se resserrer, elle augmente de volume et brise le vase qui la contient; elle fait éclater le bois, les pierres, dans les fentes desquels elle s'est introduite avant la gelée.

JACQUELINE. — C'est donc pour cela que ma sébile de bois s'est fendue la nuit dernière?

JEAN-LOUIS. — Et la belle carafe de M. Henri! C'est l'eau glacée qui l'a fait s'ouvrir d'un bout à l'autre, car personne n'y a touché.

HENRI. — Aussi je n'ai grondé personne : ce malheur ne serait pas arrivé si j'avais eu le soin de n'y pas laisser d'eau, ou bien de la garder dans ma chambre, où la température est douce. Mais si la force *expansive* de l'eau *glacée* est trop difficile à régler pour qu'on puisse s'en servir, on produit en revanche des merveilles avec la vapeur de l'eau bouillante.

ETIENNE. — La vapeur de l'eau!

HENRI. — Oui, mon ami, la vapeur que donne l'eau bouillante. D'une chaudière contenant quelques seaux d'eau, sort une force motrice dont on a fait les applications les plus admirables, les plus surprenantes, non-seulement aux usines et aux éléments de fer, mais à la navigation sur les vastes mers. Les bâtiments dits *à vapeur* n'ont rien à redouter des vents contraires, ni des calmes plats qui retiennent trop souvent sous l'équateur, pendant des mois entiers, les autres navires... Mais nous en resterons là pour aujourd'hui. Après ce que vous venez d'entendre, et en consultant quelques-uns de mes livres, dans lesquels vous trouverez les dessins de plusieurs usines où le mouvement est communiqué par la roue hydraulique, vous serez en état de me prouver, avec le secours de petits modèles en cartes ou en bois, que vous avez compris le système général de mouvement dû à l'action de l'eau courante.

XVIII. — DE L'EMPLOI DE LA VAPEUR.

A la veillée suivante, la table était couverte de roues à *aubes*, de *rouets*, de roues *dentées* nommées *hérissons*, et de *lanternes* de toutes les grandeurs. Chacun avait fait de son mieux ; mais Etienne s'était distingué entre tous les autres. Sa mère l'ayant conduit une fois dans un moulin des environs, il y avait vu fonctionner une rangée de lourds pilons. Il s'était souvenu du gros tronc d'arbre muni à l'une de ses extrémités d'un hérisson dont les dents s'engrenaient dans le rouet, et hérissé de chevilles ou *alluchons*, implantées de distance en distance, et qui venaient soulever à tour de rôle les pilons. Etienne avait donc ajouté à son moteur principal une baguette garnie de têtes d'épingles pour figurer l'arbre et ses chevilles, et de plus une rangée de pilons maintenus par une bande de toile.

Henri, charmé de l'émulation et de l'adresse de ses élèves, leur dit en souriant : « Voilà ce qu'on gagne à regarder autour de soi assez attentivement pour retrouver, plus tard, le souvenir des objets qui nous ont frappés ! »

ETIENNE. — Ce qui m'a aidé à me rappeler tout cela, ce sont les dessins que vous m'avez prêtés, monsieur Henri.

HENRI. — Ils ne t'auraient pas servi à grand'hose, si tu ne commençais à savoir *lire* et à exécuter toi-même ce qu'on appelle le *dessin linéaire*; c'est, vois-tu, la *langue écrite* des machines. Avec un simple dessin au trait, on peut faire comprendre à l'instant ce que la description la plus détaillée n'expliquerait jamais clairement. En outre, *l'échelle de la réduction*, placée au bas des planches, donne la dimension de chacune des parties de la machine; ce qui est d'un grand secours pour en construire une semblable.

JEAN-LOUIS. — L'échelle de réduction! oh! je sais ce que c'est. Elle est divisée en petits intervalles qui représentent des centimètres et des mètres, c'est selon.

6

HENRI. — Tu as négligé les proportions : ton arbre est trop mince, et tes maillets sont trop gros. Mais ne nous arrêtons pas aux détails; ils viendront à mesure qu'ils nous seront nécessaires. Essayons d'abord de faire entrer dans notre tête une idée générale du système sur lequel sont basées un grand nombre de machines à vapeur. »

Tous les enfants se rapprochèrent de Henri, le plus qu'ils purent, pour mieux entendre.

HENRI. — « Lequel d'entre vous sait ce que c'est qu'une manivelle ?

POBIAN. — Moi, monsieur Henri. Oh! c'est une chose bien simple ; la manivelle, c'est une branche de fer courbée presque en équerre, et dont l'un des bouts est garni d'un manche. Avec la manivelle on fait tourner la roue d'un rouet à filer.

HENRI. — D'un rouet à main ?

POBIAN. — Oui, monsieur Henri ; ou bien la grande roue d'une meule à repasser les couteaux, les ciseaux; la grande roue d'un cordier...

HENRI. — Pour tourner la manivelle, le bras monte et descend, s'éloigne et se rapproche du corps, n'est-ce pas?

POBIAN. — Sûrement : tantôt en haut, tantôt en bas. »

Et Pobian se mit à imiter le mouvement d'un homme tournant la manivelle, ce qui fit rire tous les enfants.

HENRI. — « Vous concevez que le bras peut être remplacé par un levier qui monte et descend, avance et recule?

SIMON. — Dame! non.

POBIAN. — Mais, oui : c'est comme pour les rouets qu'on fait aller avec le pied. Ils ont une manivelle à laquelle tient un levier qui monte et descend... Pourtant, monsieur Henri, le levier ne recule pas plus qu'il n'avance.

HENRI. — Le levier avance et recule en même temps qu'il monte et descend : je vais t'en donner la preuve. »

Henri se leva et alla chercher le rouet à main de sa tante Arzanno; il attacha solidement une baguette à la manivelle, et à la baguette une règle; abaissant et élevant, éloignant et rapprochant tour à tour de lui la règle qui représentait le levier dont il venait de parler, il fit tourner sans peine la manivelle, et par conséquent le rouet.

— Ah! je comprends à cette heure! s'écrièrent plusieurs voix.

HENRI. — On peut, vous le voyez, faire tourner la manivelle sans employer le secours immédiat de la main.

JEAN-LOUIS. — Pourtant, monsieur Henri, le levier ne bougera pas tout seul.

HENRI. — Non, certainement. Donnez-moi toute votre attention. Simon, il y a une pompe dans la maison de ton père?

SIMON. — Oui, monsieur Henri; une pompe à *piston*. Elle est toute neuve : je l'ai vu établir il y a trois mois.

HENRI. — As-tu remarqué comment elle est faite?

SIMON. — C'est tout bonnement un tuyau assez gros, dans lequel entre une espèce de bouchon de bois, garni de filasse, qu'ils appellent piston, tout juste de la grosseur du tuyau, qui est bien lisse en dedans. Le piston est soudé à une longue barre de fer qui tient au levier de la pompe. Quand on lève le levier comme cela, le piston descend, et, quand on baisse le levier, le piston remonte en attirant l'eau... Tenez, monsieur Henri, le piston *suce* l'eau, comme je *suce* le cidre, pour m'amuser, avec un chalumeau de paille.

HENRI. — Oui, mais tu avales le cidre que tu viens de faire monter dans le chalumeau, en aspirant d'abord l'air qui s'y trouvait contenu, ce qui s'appelle *faire le vide :* au lieu que le piston refoule l'eau qu'en aspirant comme toi il a fait arriver à une certaine hauteur; cette eau refoulée entre dans un tuyau de conduite, d'où elle tombe au-dehors dans le vase placé pour la recevoir.

ÉTIENNE. — Ah! je commence à deviner où ce piston et ce levier vont nous conduire!

HENRI. — Vraiment?... Eh bien! dis-nous-le.

ÉTIENNE. — Cela n'est pas encore assez clair dans ma tête;

car enfin, pour les pompes, c'est le levier qui fait aller le piston, et, pour mettre en mouvement la manivelle, je vois bien qu'il faut que ce soit le piston qui fasse aller le levier.

HENRI. — C'est juste. Nous allons tâcher de voir comment on y est parvenu. Commençons par attacher à l'un des bouts de notre levier une aiguille à tricoter; au bout de l'aiguille mettons... un bouchon.

—Ah! voilà le piston tout trouvé! s'écrièrent plusieurs enfants.

— Et voici le corps de pompe, ajouta Henri, qui roula un morceau de papier en forme de tuyau, et le retint ainsi roulé avec quelques épingles; il y introduisit ensuite l'aiguille à tricoter, garnie de son bouchon. Nous sommes prêts, n'est-ce pas? continua-t-il. Mais comment nous y prendre pour faire jouer ce piston, qui doit communiquer le mouvement au-dehors, au lieu de le recevoir du dehors? Nous commençons nos recherches.

Si nous remontons jusqu'aux Egyptiens, nous apprenons que Héron l'ancien a le premier imaginé de faire servir l'air dilaté par la chaleur, ensuite la vapeur de l'eau bouillante, à produire le mouvement, mais sans aucune application de cette découverte aux arts utiles. Nous voyons ensuite, au quinzième siècle, un ingénieur français, justement célèbre, Salomon de Caus, produire, par le secours de la vapeur, un jet d'eau jaillissante; à peu près dans le même temps, Giovanni Branca, né à Rome, et grand mathématicien, réussit à employer utilement le jet de vapeur donné par un *éolipyle* très-simplifié.

ETIENNE. — Monsieur Henri, qu'est-ce que c'est que cette machine-là?

HENRI. — L'éolipyle proprement dit, est une boule creuse placée entre deux pivots qui portent l'axe sur lequel elle tourne. On fait du feu sous cette boule; l'eau qu'elle contient entre en ébullition; la vapeur s'échappe alors, en haut et en bas, par deux tuyaux fort courts, et la boule tourne vivement sur elle-même. Cette machine est à peu de chose près la même que celle de l'invention de Héron l'ancien : simplifiée par les Allemands, elle l'a encore été par Giovanni Branca. Prends, au lieu d'une boule, une marmite, par exemple; soude le couvercle et fais à ce couvercle un trou assez grand pour qu'on puisse verser de l'eau dans la marmite avec un entonnoir. Met la marmite sur le feu; dès que l'ébullition commencera, tu verras un jet de vapeur sortir par le petit trou. Si tu diriges ce jet de vapeur contre les palettes d'une roue à aubes, la roue tournera; en tournant elle mettra en jeu les pilons d'un moulin à poudre à canon, et tu auras la machine à vapeur imaginée et exécutée par Branca.

— Voilà une jolie invention! dirent les enfants.

HENRI. — Sir Samuel Moreland, mécanicien anglais, a estimé le premier la force d'*expansion* et de *dilatation* de l'eau changée en vapeur. Il a trouvé qu'un seau d'eau, par exemple, donnait *quatorze cents* seaux de vapeur.

MARIE-ANNE. — Ah! bon Dieu!

HENRI. — M. Gay-Lussac a prouvé, depuis, que l'eau entretenue à une chaleur de cent degrés, donne en vapeur *dix-sept cents fois* son volume.

HUBERT. — Monsieur Henri, la machine de *monsieur* Branca me donne l'idée de la manière dont on s'y est pris pour mettre en mouvement le piston. Au lieu de laisser le jet de vapeur s'en aller à sa fantaisie, il n'y a qu'à l'enfermer dans un tuyau qui l'amènera par en bas dans le corps de pompe, où il poussera le piston jusqu'en haut.

HENRI. — Sans doute; mais, la vapeur arrivant toujours, le piston restera en l'air, collé à l'ouverture du corps de pompe : et comme cette vapeur surabonde, comme elle a, vous le savez, une force énorme, comme enfin elle ne trouve pas d'issue, éolipyle ou marmite, corps de pompe, piston, levier, tout cela sautera, volera brisé en mille éclats : heureux encore si le *savant* Hubert et le bâtiment ne sautent pas de compagnie!

HUBERT. — Comment se peut-il que la vapeur de l'eau bouillante ait une force pareille?

ETIENNE. — M. Henri ne l'a-t-il pas dit, en nous apprenant qu'un seau d'eau donne dix-sept cents seaux de vapeur? Il faut de la place pour contenir tout cela!

HENRI. — Notre compatriote, Denis Papin, homme de génie et profondément instruit, eut le premier l'idée, en 1685, de se servir de la vapeur comme *moteur*. Papin l'introduisait dans un cylindre qui contenait un piston, et le piston se trouvait poussé jusqu'en haut du cylindre; mais le piston ne redescendait que lorsque la vapeur s'était *condensée;* c'est-à-dire était redevenue de l'eau en se refroidissant. Le moyen de la condenser à volonté était encore à trouver, quand Savery, capitaine dans la marine anglaise, imagina d'arroser d'eau froide, à l'*extérieur*, le tuyau dans lequel il avait fait arriver de la vapeur jusqu'à une certaine hauteur : le refroidissement était prompt, et presque à l'instant la vapeur se condensait.

Savery cependant n'eut pas l'idée qu'avait eue Papin, de donner le mouvement à un piston par l'émission de la vapeur suivie d'une prompte condensation. Un serrurier et un vitrier anglais (1) furent les premiers à établir une machine qu'ils appelèrent *atmosphérique*.

Je dois vous rappeler d'abord que l'air atmosphérique exerce sur nous, et sur tous les corps en général, une pression évaluée au poids que peut avoir une colonne d'eau de douze mille kilogrammes que chacun de nous porte sans s'en apercevoir.

ETIENNE. — Oui, vraiment sans nous en apercevoir. Douze mille kilogrammes pesant d'air atmosphérique! et cela ne nous empêche ni de courir ni de sauter!

HENRI. — Cette vérité, dès longtemps établie par de nombreuses expériences, est connue de quiconque possède les premiers éléments des sciences physiques. Les deux ouvriers

(1) Newcomen et Cawley.

anglais basèrent sur cette connaissance l'action qu'il espérait obtenir de leur machine. Vous avez vu que Papin n'avait pas su trouver le moyen de faire *le vide* sous le piston poussé et retenu par la force de la vapeur tout en haut du cylindre. *Faire le vide*, c'était, ici, rendre à sa forme première l'eau changée en vapeur; la vapeur, ramenée à l'état d'eau liquide, cessait de remplir tout l'intérieur du cylindre, y laissait du vide, et le piston, sur lequel agissait, à l'extérieur, le poids de l'atmosphère, n'étant plus soutenu, devait alors retomber.

HUBERT. — Oui, je comprends.

JEAN-LOUIS. — Moi, je ne comprends pas.

HUBERT. — Cela est pourtant bien facile. Tu vois bien, le cylindre est tout plein de vapeur; voilà que tout à coup, n'importe par quel moyen, il n'y a plus de vapeur : alors le cylindre se trouve vide, le piston n'est plus soutenu, et il retombe.

HENRI. — Il retombe, cédant à la fois à l'effet de son propre poids et à la pression exercée sur lui par l'atmosphère.

JEAN-LOUIS. — Ah! c'est juste, et m'y voilà.

HENRI. — Les deux Anglais se servirent de l'invention de Savery pour opérer la *condensation* de la vapeur; dès-lors le piston acquit ce mouvement de va-et-vient que Papin avait seulement entrevu comme possible.

Peu de temps après, les deux Anglais durent au hasard une découverte à laquelle on peut rapporter tous les perfectionnements établis depuis dans les machines à vapeur.

Un jour, les inventeurs de la nouvelle machine, surpris de la multiplicité des coups frappés par le piston, qui allait seul, pour ainsi dire, en recherchèrent soigneusement la cause. Ils découvrirent que ce piston était percé d'un trou par lequel l'eau froide, répandue à l'extérieur, s'introduisait dans l'intérieur du cylindre, et hâtait la condensation de la vapeur. On conçut aussitôt l'idée d'injecter de l'eau froide sous le piston, après que la vapeur l'avait poussé jusqu'en haut du cylindre. L'essai réussit : la condensation s'opéra, le vide se fit, le piston retomba, puis remonta, poussé par la vapeur, et redescendit avec une rapidité merveilleuse quand celle-ci se condensa.

ETIENNE. — Ce que c'est pourtant que le génie!

HENRI. — Un autre hasard amena une seconde découverte non moins importante. Savery employait des *soupapes* ou languettes mobiles pour arrêter l'émission de la vapeur : il ajouta ensuite à ses appareils des robinets qu'on ouvrait pour laisser couler à volonté l'eau froide qui produisait la condensation. Tout cela s'exécutait à la main ; tout cela exigeait une grande attention, une sérieuse surveillance. Quelquefois des ouvriers imprudents se déchargeaient de ce soin sur un enfant : mais n'ayant encore rien trouvé de mieux, on s'en tenait aux soupapes et aux robinets de Savery. Humphry Potter, apprenti, ennuyé de la tâche qui lui était imposée, regardait un jour, tout en ouvrant et en fermant les robinets et les soupapes, monter et descendre le balancier mis en jeu par le piston. L'idée lui vient d'essayer de profiter de ce mouvement pour exécuter sa besogne, sans avoir la peine de s'en mêler. Il attache une corde au balancier, place à l'autre bout de la corde une sorte de crampon ou plutôt de pince en bois de sa façon, et, après quelques tentatives sans résultat, il parvient enfin à faire ouvrir ou fermer, par l'effet des mouvements du balancier, soupapes et robinets, au moment convenable. La machine, soumise à une action plus régulière, acquit un mouvement plus accéléré. Les inventeurs en recherchèrent la cause, et l'on fut sur la voie d'un perfectionnement d'une importance capitale; c'est-à-dire que ce hasard conduisait à trouver le moyen de substituer aux robinets et aux soupapes à main, des soupapes et des robinets que l'effet de la vapeur et de sa condensation fait ouvrir ou fermer quand il est nécessaire, sans qu'il soit besoin de se reposer de ce soin sur un ouvrier, dont la négligence pourrait causer les plus grands malheurs.

Voici donc le piston montant et descendant sans difficulté dans le cylindre qui le renferme. Il communique le mouvement au levier; le levier le communique à la manivelle; la roue tourne et s'engrène dans d'autres roues; les pompes jouent, aspirent et foulent l'eau, qu'elles font monter à une hauteur prodigieuse; les martinets, les meules à broyer le grain et le colza, les presses hydrauliques, les laminoirs, les marteaux-pilons, les machines à scier, à raboter, à perforer, à tourner, à carder, à filer, à tisser, les cylindres à papier, les presses à imprimer, les navires à vapeurs, les chemins de fer; tout cela tourne, frappe, broie, presse, écrase, déchire; tout cela marche comme par enchantement... avec un seau d'eau!

HUBERT. — Qu'elle est donc admirable, l'invention de l'homme!

HENRI. — Je n'entrerai pas dans le détail de ce qui compose les machines à vapeur actuelles. J'ajouterai seulement que dans ces machines, l'eau de la chaudière est maintenue constamment au même niveau, et que des soupapes de sûreté donnent une issue à la vapeur, quand elle acquiert une tension trop forte.

MARIE-ANNE. — Comme cela, on n'a plus rien du tout à craindre?

HENRI. — Les accidents sont en effet devenus plus rares; mais cependant il y en a eu encore beaucoup, et de terribles. L'examen des chaudières a montré que l'eau, en bouillant, dépose dans le fond et sur les parois une croûte sablonneuse, épaisse, fort tenace, et qu'à la longue cette croûte altère le métal, dont les chaudières sont faites. On a remarqué, en outre, que partout où l'on avait soin de les nettoyer fréquemment, les explosions étaient rares; mais ces nettoyages exigent une certaine perte de temps. Le hasard est venu encore cette fois au secours du génie inventif de l'homme : deux savants français ont apporté d'Angleterre en France, en 1821, le secret de cette nouvelle découverte. Des pommes de terre coupées par quartiers et mises dans la chaudière qui fournit la vapeur, empêchent les parties sablonneuses contenues dans l'eau de s'atlâcher au fond et aux parois, et rendent le nettoyage aussi prompt que facile.

— Mais comment, demandèrent plusieurs enfants, des pommes de terre peuvent-elles produire cet effet?

HENRI. — Rien de plus simple et de plus aisé à comprendre. Dans cette eau, qui bout jour et nuit, les pommes de terre sont promptement réduites en une bouillie liquide et gluante. Chaque grain de sable, pour ainsi dire, se trouve par-là comme enduit d'une espèce de corps gras qui l'empêche de se coller à un autre grain de sable, et de former peu à peu cette croûte qui s'attachait à la chaudière : le tout ne fait plus qu'une masse commune, sans cesse en mouvement, et qui s'écoule tout entière, sans rien laisser après elle, quand, pour nettoyer les chaudières, on ouvre le robinet placé au fond. On rince avec un peu d'eau claire, et la machine, prête à recommencer, fournira de la vapeur pendant quinze jours ou un mois, sans qu'on ait à redouter le moindre danger.

ÉTIENNE. — Oui, ma foi, M. le docteur a bien raison de dire : « L'homme peut tout ce qu'il veut ! »

XIX. — CE QUI PARAIT IMPOSSIBLE EST SOUVENT DANS LES CHOSES POSSIBLES.

« N'est-ce pas, monsieur Henri, dit un soir Jean-Louis avec beaucoup de vivacité, qu'il ne faut pas mentir, même pour s'amuser?

— D'abord, s'écria Simon en se levant, je n'ai point menti. Je t'ai dit ce que mon père m'avait dit; tu n'as pas voulu me croire, ce n'est pas ma faute.

HENRI. — De quoi s'agit-il donc? Laisse parler Simon : tu l'accuses, il faut qu'il s'explique.

SIMON. — Monsieur Henri, Jean-Louis est venu tantôt à la maison; je lui ai montré du papier jaune que mon père a rapporté de Lorient, et qui est fait avec de la paille. Jean-Louis a cru que je me moquais de lui en disant cela ; et c'est pourtant la vérité ; car mon père n'est pas un faiseur de contes, comme mon cousin.

HENRI. — Tu m'accuseras donc aussi de mentir, si je te dis que la matière première du papier de Chine, si doux, si velouté, que tu admirais encore l'autre jour, est, non pas de la soie, comme on pourrait le croire au toucher, mais la pellicule qui enveloppe le *bois* de bambou ?

Jean-Louis baissa la tête d'un air confus.

— Au lieu de soupçonner autrui de mensonge, continua Henri, il vaudrait mieux réfléchir qu'il est une foule de choses qu'on ignore, à ton âge surtout, et que ce qui paraît impossible au premier coup d'œil, est cependant au nombre des choses possibles.

Tu n'as jamais songé à t'étonner de la blancheur du papier de chiffons ; et pourtant ceux que la bonne femme Lannilis va recueillant partout, pour les porter à la papeterie de M. Locminé, sont de toutes les couleurs. En y réfléchissant un peu, tu te serais dit qu'il doit être plus difficile d'obtenir ce beau blanc avec de vieux chiffons jaunis par l'usure, que de faire un papier même grossier avec de la paille.

POBIAN. — Monsieur Henri, est-ce qu'on mêle les chiffons de couleur avec les chiffons de toile ?

HENRI. — Je vais vous parler de la fabrication du papier.

Le papier se fabrique par deux procédés distincts : à la main et par des appareils mécaniques. Actuellement le premier de ces procédés est à peu près complètement abandonné, comme trop coûteux.

Dans tous les cas, les chiffons sont triés avec soin, lessivés à la soude, lavés, défilés.

HUBERT. — Comment, on défile tous les chiffons ? on en fait donc une sorte de charpie ?

HENRI. — Le *défilage* est une opération qui réduit les chiffons en une pâte; des machines armées de dents métalliques et mises en mouvement par une chute d'eau ou par la vapeur, déchirent les chiffons en tous sens et de telle sorte que ces chiffons ne sont plus chiffons, mais se transforment en véritable pâte.

Quand cette pâte a été bien raffinée, c'est-à-dire quand elle a subi une autre sorte de pétrissage dans la cuve dite *raffineuse* où fonctionnent d'autres machines armées de dents plus serrées et plus nombreuses, on la blanchit au chlore ou par quelqu'autre procédé, on l'étend d'eau, et elle est prête à être transformée en papier.

Pour faire du papier à la main, un ouvrier dit *ouvreur* plonge dans la pâte un cadre ou *forme* consistant en un châssis de bois recouvert de fils de cuivre que soutiennent, de distance en distance, d'autres fils plus gros et plus forts. Il l'y maintient horizontalement, la retire dans la même position et répartit également la pâte. Alors un autre ouvrier fait un peu égoutter la forme, renverse la feuille de papier sur un morceau de drap qui est ainsi tout prêt à recevoir une nouvelle feuille. Quand il y a un nombre suffisant de feuilles entre les draps superposés, on porte le tout sous une presse pour en exprimer l'eau. On sépare ensuite les feuilles, on les fait sécher, on les colle si le papier doit servir à l'écriture, on remet en presse, on sèche de nouveau, enfin on met les feuilles en *mains* puis en *rames*.

Passons au papier à la mécanique, procédé inventé en 1799, par un certain Louis Robert, employé à la papeterie d'Essonne.

La pâte bien préparée, bien blanchie, se déverse par un robinet sur une toile métallique appelée table de fabrication. Cette toile sans fin est animée d'un double mouvement de translation et de va et vient. A mesure que la toile avance, l'égouttage s'opère, la pâte se colle, et, en passant sur des caisses d'aspiration, elle acquiert assez de consistance pour subir l'action d'une première presse.

Au moment où cette feuille humide quitte la toile métallique, elle est reçue sur un feutre sans fin qui s'enroule successivement autour d'une série de cylindres en fonte chauffés à la vapeur. Par ce passage successif sur les cylindres sécheurs, la pâte se dessèche, durcit et devient une bande de papier parfaitement solide, qui s'enroule sur un cylindre. Il ne reste plus qu'à la découper aux dimensions voulues, et à la satiner, s'il y a lieu, en soumettant à la pression d'un laminoir les feuilles de papier placées entre des feuilles de zinc.

POBIAN. — Monsieur Henri, est-ce que le chiffon de couleur donne du papier bien blanc?

HENRI. — Oui, grâce à l'emploi d'un gaz nommé *chlore*, et dont les effets, dans plus d'un genre, sont réellement merveilleux. On introduit du chlore dans la chaudière, qui contient une quantité de grosses boules de pâte de chiffons préparée par les cylindres : du feu est allumé sous la chaudière, bien fermée. Trente-six heures après on en retire la pâte, d'une blancheur de neige.

MARIE-ANNE. — Monsieur Henri, puisque vous voulez bien répondre à nos questions, je vous prierais de nous dire avec quoi se fait le verre? Cela me tracasse... Et puis ce qui me tracasse encore, c'est le vernis, qu'il y a jusque sur les marmites de terre. Est-ce que c'est du verre aussi?

POBIAN. — Et sur la faïence, sur la porcelaine! monsieur Henri, une drôle de chose que j'ai vue à Lorient, chez le vitrier du port, ce sont des vitres rouges, bleues, vertes, jaunes, qui n'ont de couleur que d'un côté, si bien qu'en les gravant de ce côté-là, on fait des dessins blancs sur un fond coloré. Rien n'est joli comme cela.

HENRI. — Je vous dirais bien comment tout cela se fait; mais j'ai peur que Jean-Louis ne crie à l'impossible!

— Oh! monsieur Henri, répondit l'enfant, qui devint fort rouge, je sais bien que vous ne nous dites jamais rien qui ne soit vrai.

HENRI. — Je t'engage à étendre un peu cette croyance que tu accordes à mes paroles. Il vaut mieux, mon ami, courir le risque d'être pris pour dupe d'une mauvaise plaisanterie, que de nourrir et de laisser voir une défiance toujours offensante. Il est d'ailleurs un moyen de s'assurer qu'on n'a point été trompé : c'est de s'informer auprès d'une autre personne, ou bien d'examiner soi-même, lorsqu'on en a la possibilité.

» Il entre dans la composition du verre diverses matières, selon qu'on veut obtenir du verre plus ou moins blanc ou du cristal ; mais les bases principales du verre sont toujours des terres *vitrifiables*, c'est-à-dire qui se changent en verre par l'effet de la chaleur. On y ajoute du sable de rivière et des fondants salins, tels que la potasse, la soude, qu'on retire des cendres de fougère ou de bois. Le feu, un feu ardent, calcine et vitrifie ces divers mélanges, qui donnent la *fritte* ou verre brut ; par le feu encore la fritte est purifiée, affinée ; enfin on la décolore ou bien on la colore à volonté, en employant les produits que la chimie retire des divers métaux. Le verre *liquéfié*, c'est-à-dire rendu liquide par la chaleur peut-être soufflé, coulé, moulé à volonté. Pour le souffler, le *cueilleur* en prend au bout de sa *canne*, qui n'est autre chose qu'un tube en fer creux, puis il souffle par l'autre bout en agitant sa canne de droite à gauche, tantôt en bas, tantôt au-dessus de sa tête. Il a soin de remettre de temps en temps au four l'objet qu'il souffle, afin que le verre ne se refroidisse pas trop vite, ce qui lui ôterait la faculté de s'allonger et de s'étendre : c'est ainsi que se font les vitres, par exemple. Le cueilleur, ayant soufflé son *canon* ou *manchon*, le détache de la canne par la simple application d'un fer froid sur l'espèce de goulot de cette espèce de longue bouteille mince. On la coupe bien droit aux deux extrémités ; on la fend ensuite dans toute sa longueur, et on la met dans un autre four ; le canon se déroule alors, s'aplatit et devient *vitre*, c'est-à-dire un morceau de verre uni et plat. Les bouteilles, les carafes, les gobelets, sont à la fois soufflés et coulés dans des moules de bronze, où ces divers objets prennent tous les contours, tous les angles aigus et arrondis, les cannelures, enfin les formes variées qu'on veut leur donner.

PODIAN. — Et les verres de couleur, monsieur Henri, comment les peint-on?

HENRI. — Le cueilleur prend du verre blanc au bout de sa canne, puis du verre coloré dans un pot à côté; il passe le bout de sa canne, chargé de ces deux verres liquides, sur un marbre pour les étendre, les rassembler et les bien unir. Il souffle ensuite, et, au lieu d'un canon de verre blanc, il a un canon de verre coloré au-dehors, blanc au-dedans.

PODIAN. — Le vitrier n'a pas su me dire cela.

JACQUELINE. — Monsieur Henri, encore une chose. A la cheminée de M. le recteur, il y a auprès du miroir une bonne Vierge toute blanche et toute d'argent dans du beau cristal; comment est-ce qu'on a fait pour la mettre là-dedans?

MARIE-ANNE. — Et la rose en couleur avec ses feuilles et ses boutons si jolis, qui est en dedans du verre du beau gobelet que vous avez donné à madame Rosalie, votre tante, pour ses étrennes, comment est-ce qu'on a peint cela dans le verre?

HENRI. — La bonne Vierge n'est pas en argent, comme vous vous l'imaginez : c'est tout simplement une petite figure faite avec de la pâte de porcelaine réduite en poudre bien fine; on repétrit cette poudre en une pâte qui prend, dans des moules, toutes les empreintes de toutes les formes qu'on veut. Cette figurine a été placée sur le cristal encore brûlant que le cueilleur venait de souffler dans un moule de bronze; il l'a recouverte aussitôt avec une goutte de cristal qui s'est étendue, et est venue s'unir par les bords à la pièce déjà terminée. La figurine, modelée en relief, reçoit inégalement, à travers le cristal qui l'enveloppe, les rayons de la lumière, et brille de reflets argentins. Quant à la fleur que vous avez admirée sur le gobelet de ma tante, elle a été peinte en émail sur une plaque de cuivre qu'on a découpée ensuite, en suivant les contours de la fleur et des feuilles; le cueilleur a mis cette découpure dans le moule de bronze, à la place qu'elle devait occuper; il a soufflé et moulé le gobelet; ensuite il l'a retiré du moule, et une goutte de cristal liquide a suffi pour envelopper, à l'extérieur, l'incrustation de la fleur émaillée.

— Les jolies inventions! s'écrièrent tous les enfants.

HENRI. — Par la combinaison des divers matériaux qui entrent dans la composition du verre, on est parvenu à obtenir des vernis *vitreux*, colorés et sans couleur, *transparents* et *opaques*, pour les poteries, la faïence, la porcelaine. On étend les uns au pinceau, on trempe dans les autres les objets qu'on veut enduire de vernis; ou bien encore, pour la poterie commune, on se contente de la soupoudrer d'une poudre *vitrifiable*, qui s'étendra depuis un bout jusqu'à l'autre du vase de terre par l'effet de la chaleur d'un four, car le feu est nécessaire à toutes ces opérations. Elles exigent la réunion de bien des connaissances, une multitude de soins, une grande habitude, et beaucoup d'expérience de l'action du feu sur les pâtes de terre, comme sur les vernis *vitreux*.

— Que c'est donc amusant de devenir savant! dit Hubert avec l'expression du plaisir.

ÉTIENNE. — Et quand on pense que, pour cela, il suffit de savoir lire!... qu'avec des livres on peut tout voir, tout connaître!... C'est comme si l'on avait à soi tout ce que les hommes ont inventé depuis que le monde est monde!

— Simon, dit Jean-Louis en tendant la main à son camarade, je te demande excuse pour ce que je t'ai dit tantôt.

— Cet aveu public de ta faute, dit Henri d'un air satisfait, me réconcilie avec toi, mon enfant. Souviens-toi toujours de la soirée d'aujourd'hui. »

XX. — PANETIERS, TAMISIERS ET TALLEMANDIERS.

L'instruction donnée par Henri à ses élèves se répandait insensiblement parmi les autres enfants du village. Tous com-

mençaient à comprendre qu'en regardant autour de soi, on
acquiert une foule de notions utiles qui se reproduisent plus
tard à l'esprit, et qui conduisent à concevoir les machines les
plus simples et d'un usage journalier : tous gagnaient encore à
leurs essais, souvent malheureux, l'adresse de la main ; ils
apprenaient ainsi à *s'ingénier* pour se tirer d'affaire sans le
secours des ouvriers, dont le manque se fait trop souvent sentir
dans les campagnes.

« L'homme vraiment ingénieux et adroit, disait M. Arzanno,
doit savoir, selon le vieux proverbe, *percer avec une scie et scier
avec une orille :* ce qui signifie que son industrie peut suppléer
aux outils qui lui manquent. »

M. Arzanno, en cela comme en toute autre chose, prêchait
l'exemple. Il était tour à tour serrurier, ébéniste, menuisier,
vitrier, horloger, tourneur. Henri ne se montrait pas moins
adroit. Comme son oncle, il ne laissait jamais inachevé ce qu'il
avait commencé, et jamais il ne remettait au lendemain ce qu'il
pouvait faire le jour même.

« Un jour de perdu ne se retrouve plus, disait-il à ses élèves.
Bien des accidents imprévus peuvent survenir demain, et
mettre obstacle aux projets que vous avez la possibilité d'exécuter aujourd'hui. Combien de fois je me suis applaudi d'avoir
fait à la minute ce qu'un peu de nonchalance m'engageait à
différer jusqu'au jour suivant ! »

Par cette méthode bien simple, Henri ne se trouvait jamais
en arrière. Il réussissait à avoir du temps pour tout, et, en
voyant le mutuel appui que se prêtaient ses connaissances
acquises, quoiqu'en apparence tout à fait opposées les unes aux
autres, ses élèves comprenaient qu'aucune n'est inutile, qu'aucune n'est à dédaigner, et que toutes concourent également
aux besoins comme aux plaisirs de l'espèce humaine.

« C'est pourtant du moulin de Jacques, dit un soir Henri, que
nous avons passé aux usines où se coule et se forge le fer. Ce
moulin va nous servir encore de point de départ, et en même

temps de comparaison, pour mieux apprécier les améliorations introduites peu à peu dans ce qui a rapport à nos besoins journaliers, et, par contre-coup, aux progrès de la civilisation. Vous ne vous contenteriez plus aujourd'hui, comme le font encore les sauvages, de grain écrasé entre deux pierres, et vous trouveriez maintenant fort extraordinaire de voir des malheureux attachés toute leur vie à des moulins à bras pour faire, en un jour, moins de farine que le moulin de Jacques n'en donne en une heure. C'est ce qui a eu lieu pourtant, pendant bien des siècles, chez les peuples qui connaissent l'usage du brouet ou bouillie, et du pain sans levain, cuit sous la cendre, faute de fours.

MARIE-ANNE. — Comme les juifs, dans la Bible.

HENRI. — Les peuples de l'Asie apportèrent à Rome, dont vous avez commencé à lire l'histoire, l'usage du pain : à Rome furent fondées les premières boulangeries publiques. Comme on avait longtemps pilé le blé dans des mortiers, le nom de *pileurs*, PISTORES, fut donné aux boulangers, et celui de *pistoriæ* aux boulangeries. A cette époque, vous vous en souvenez, les nations se divisaient seulement en deux classes : les maîtres et les esclaves. Les boulangers, presque tous Grecs de naissance, et la plupart affranchis, c'est-à-dire qui s'étaient rachetés de l'esclavage, ou auxquels leurs maîtres avaient rendu la liberté, commandaient à d'autres esclaves. Ceux-ci devaient moudre le grain et faire tous les rudes travaux. Les Romains soumirent affranchis et esclaves à des lois justes en quelques points, mais bien tyranniques en quelques autres. Ainsi, par exemple, les boulangers, réunis en une corporation ou collége, possédaient en commun des biens considérables; mais ils ne pouvaient disposer, même en faveur de leurs fils, par vente ou par donation, de ceux qu'ils avaient acquis dans le commerce et dans des spéculations étrangères à la communauté. Toutes les carrières leur étaient fermées : la seule dignité à laquelle ils pussent parvenir, était celle de sénateur; et encore,

pour y arriver, fallait-il abandonner les avantages et l'aisance
que leur procuraient les biens possédés en communauté. Enfin
leurs enfants naissaient boulangers; leurs gendres devenaient
boulangers, et les *mésalliances* leur étaient interdites; un boulanger ne pouvait donner sa fille en mariage à un baladin, sous
peine d'être fustigé en place publique.

ETIENNE. — Elle était douce, la justice de ce temps-là !

HENRI. — Et *juste* surtout, puisqu'elle reprenait d'une main
ce qu'elle donnait de l'autre; car les affranchis grecs n'étaient
au fond que des esclaves, un peu moins malheureux que ceux
qui réduisaient le grain en farine.

JEAN-LOUIS. — Monsieur Henri, d'où vient donc le nom de
boulanger?

HENRI. — Les érudits, les savants, le font dériver du mot de
polenta ou *pollis*, qui veut dire *fleur de farine*. Il y a de bonnes
gens qui croient que la forme de *boule*, donnée primitivement
au pain, est l'origine du mot *boulanger*. On appelait aussi les
boulangers *panetiers*, *tameliers* ou *tamisiers*, parce qu'ils
tamisaient la farine à travers des paniers ou des tamis; ou bien
encore *tallemandiers*, qui vient de deux mots latins qu'on peut
rendre par ceux-ci : *compter sur la taille*. L'usage des boulangers des villes, quand on ne paie pas comptant, est de marquer
sur des morceaux de bois appelés *tailles*, la quantité de pains
qu'ils fournissent dans chaque maison. Il y avait aussi autrefois des boulangers ambulants; ils allaient chez les bourgeois
pétrir le pain, et le rapportaient chez eux pour le faire cuire.
Dans les villages, les boulangers ne jouissaient pas toujours du
droit d'avoir un four : ils étaient tenus de cuire leurs pains au
four *banal*, qui appartenait au seigneur.

JACQUELINE. — Et pourquoi donc cela?

HENRI. — Parce que la taxe prélevée pour le prix de la cuis-
son de chaque fournée, soit sur les boulangers, soit sur les
paysans, formait une partie des revenus du seigneur; d'ailleurs,
c'était un moyen d'appesantir plus constamment le joug sur le

peuple. Il ne fallait pas lui laisser oublier que, s'il n'était plus composé uniquement d'esclaves, du moins il n'était pas libre ou affranchi de tout servage.

MARIE-ANNE. —Monsieur Henri, la femme Eliant m'a raconté que, du temps de son père, dame! il y a des années de cela, il fallait bien des façons pour être reçu boulanger ou boulangère.

HENRI. — Il y avait alors plusieurs formalités à remplir, relatives surtout à la sûreté publique et aux mesures de police nécessaires pour empêcher l'emploi de farines avariées, le prix arbitraire du pain et la fraude dans le poids qu'il doit avoir (1). Une cérémonie bizarre, dont on ne voit pas trop le but, a eu lieu en France pendant un temps assez long : celui qui voulait se faire boulanger était obligé de justifier, par preuves et témoins, qu'il demeurait dans l'enceinte de la ville, et qu'il pouvait acheter le *métier du roi*. Quatre années après, il se présentait au maître boulanger, ou bien au grand-panetier, tenant à la main un pot de terre rempli de noix. Alors se rassemblaient les autres maîtres et gindres ; le postulant cassait devant eux son pot de terre en le lançant contre une muraille. Il était reçu, par acclamations, dans la corporation, et l'on allait ensemble boire au cabaret.

ETIENNE. — Qu'est-ce que c'est que cela, les *gindres*?

HENRI. — On ne connaît point les gindres ici, ou ce sont nos artisanes qui font le pain. Partout ailleurs on emploie des hommes à ce rude travail, c'est-à-dire chez les boulangers ; car, dans les fermes, ce sont toujours les femmes qui pétrissent.

MARIE-ANNE. — Oh! c'est un métier fatigant !

HENRI. — Tu peux juger de ce qu'il doit être quand il faut pétrir, au moins deux fois le jour, des fournées de plus de cent kilogrammes de pâte. Mais toi, Marie-Anne, qui es une boulangère *en herbe*, tu peux, mieux que personne, nous dire comment se fait le pain.

(1) Aujourd'hui la boulangerie est libre, et la taxe du pain n'existe plus.

— Nous le savons tous! s'écrièrent les enfants.

HENRI. — J'en doute. Que chacun parle à son tour, ajouta-t-il en voyant comme ils étaient tous empressés de faire étalage de leur savoir. Toi, Marie-Anne, d'abord, puisque ce doit être *ta partie.*

— Eh bien! dit la jeune fille, on prend du levain...

HENRI. — Qu'est-ce que c'est que du levain? à quoi sert-il?

MARIE-ANNE. — Du levain? C'est un morceau de pâte qu'on laisse aigrir d'une fournée à l'autre, et cela sert à faire lever le pain...

HENRI. — C'est-à-dire à faire *fermenter* la pâte. Cette fermentation la rend légère, et lui donne un goût agréable quand elle n'est pas trop prolongée; autrement le pain devient aigre.

MADAME ARZANNO. — Il y a encore le levain de bière. On s'en sert de préférence pour faire le pain blanc, et ce levain-là s'appelle de la *levure :* c'est l'écume qui s'échappe par la bonde, pendant la fermentation, de chaque pièce de bière nouvellement brassée. Les pâtissiers ne font usage que de levure, et non pas de levain. Continue, Marie-Anne.

MARIE-ANNE. — Dame! c'est que je ne sais pas encore au juste ce qu'il faut d'eau, de sel, ni de levain, ni de farine non plus pour faire douze pains de six kilogrammes chaque.

HENRI. — Nous te dispensons des détails.

MARIE-ANNE. — Eh bien! donc, quand on a mis ce qu'il faut de tout cela dans le pétrin, on commence à pétrir; ensuite on donne le premier tour, ensuite un autre, encore un autre; au quatrième la femme Eliant déchire la pâte avec ses mains, et la jette à droite, à gauche, contre le pétrin, mais en dedans, au moins?

HENRI. — Cette opération est ce qu'on appelle *frase* et *contre frase.*

MARIE-ANNE. — Alors la femme Eliant fait joliment des *phrases...*

JEAN-LOUIS *en riant.* — Et des *contre-phrases* aussi! Mais pourquoi donc, monsieur Henri, déchire-t-on la pâte comme cela ?

HENRI. — Afin de la remplir de vessies d'air, qui donneront des *yeux* au pain. Le pain bien pétri en a un plus grand nombre que celui dont la pâte n'a pas été assez *frasée* et *contre-frasée*.

MARIE-ANNE. — Oh ! c'est une fameuse besogne ! quand la femme Eliant pétrit, elle souffle et elle geint...

— Ah ! je devine, s'écria Jean-Louis en frappant des mains ; c'est pour cela qu'on appelle les boulangers des *gindres* ; cela vient de ce qu'ils *geignent* en pétrissant !

— Justement, répliqua Henri avec un sourire ; mais tous les ouvriers boulangers ne portent cependant pas ce nom. Le gindre, c'est l'ouvrier en chef ; c'est celui dont l'expérience dans l'art de chauffer le four, comme l'habitude des façons à donner à la pâte, le place au premier rang après le propriétaire de la boulangerie. Du gindre dépend la réputation du boulanger... La pâte est faite, n'est-ce pas, Marie-Anne ? Il s'agit maintenant de la tourner en pain, et de mettre le pain au four.

MARIE-ANNE. — Oui, monsieur Henri ; mais quand elle aura levé une demi-heure, une heure, suivant que c'est l'été ou l'hiver. Alors on retire la pâte de dessous la couverture qui l'a tenue chaude, on la coupe et on la met dans des sébiles de bois, où on la laisse un bout de temps pour lui donner la forme ; ensuite on enfourne les pains un à un avec la grande pelle de bois... Ah ! j'oubliais qu'il faut auparavant faire courir la patrouille dans le four.

JEAN-LOUIS. — La patrouille !

MARIE-ANNE. — Dame ! on appelle comme cela les chiffons mouillés attachés au bout d'un bâton, et qu'on passe dans le four pour ôter les cendres et les petits charbons qui sont restés après qu'on a retiré la braise. Ce n'est pas une chose facile, au moins, que de chauffer le four ! Il y a des boulangères qui brûlent toujours leur pain, et d'autres qui ne le cuisent pas assez. On dirait que ce n'est rien que tout cela; mais qu'on essaie, et puis on verra!

HENRI. — En tout, il faut *le métier* : ce qui signifie l'habitude de faire; de faire avec toute l'attention, avec toute l'intelligence dont on est capable. Vous voyez que notre pain levé au levain ordinaire ou bien à la levure de bière, que notre pain noir, bis, blanc, de pâte ferme et de gruau, ou fine fleur de farine, nous place bien plus haut, en fait de *civilisation*, que ne l'étaient nos bons aïeux avec leurs galettes mates et cuites sous la cendre. Eh bien! chacune de ces améliorations, qui vous paraissent si simples et si convenables, a trouvé des contradicteurs. Les premiers moulins à eau et à vent n'ayant pu arriver tout à coup au point de perfection où nous les voyons aujourd'hui, on s'est obstiné longtemps à leur préférer les moulins à bras; ensuite on s'est déchaîné contre la levure de bière, et aujourd'hui on s'est déchaîné contre les pétrins mécaniques. Ceux-ci enlèvent pourtant à la fabrication du pain tout ce qu'elle peut avoir de répugnant.

ETIENNE. — Comment! on a imaginé de faire le pain à la mécanique? C'est apparemment comme les foulons du moulin à tan, cette machine!

HENRI. — Pas du tout. Figure-toi un pétrin ordinaire, dans lequel passe un essieu dont chaque bout entre dans des colliers de cuivre fixés sur deux pivots bien solides. Le levain, la farine, l'eau, en proportions convenables, sont mis ensemble dans le pétrin; un homme prend alors la manivelle, et fait tourner une lanterne qui communique le mouvement à une roue dentée; celle-ci le communique à son tour au pétrin solidement fermé; il tourne rapidement sur lui-même pendant une demi-heure, et la pâte est faite.

MARIE-ANNE. — Et bien faite?

HENRI. — Comme par la meilleure boulangère. Elle a reçu toutes les façons de frase et contre-frase; il ne reste plus qu'à la faire lever qu'à la tourner en pain et à mettre au four.

Croiriez-vous que vainement on a tenté d'établir dans plusieurs villes des *Lambertines*, ainsi nommées du nom de Lambert, leur inventeur? Croiriez-vous que M. Lambert, couronné en 1811 pour son pétrin mécanique par la Société d'Encouragement, a dû renoncer lui-même à s'en servir? Et cependant sa machine, qui opère parfaitement, en a fait imaginer d'autres d'une simplicité plus grande encore, et qui opèrent tout aussi bien.

— Mais pourquoi donc, demandèrent les enfants, ne veut-on pas de cette invention, puisqu'elle est si bonne?

— Je vous donne jusqu'à demain, répondit Henri, pour trouver le véritable motif qui fait repousser partout le pétrin mécanique; cette énigme en vaut bien une autre. »

XXI. — DES MACHINES.

Pobian, qui était absent de Pontscorff depuis quelques jours, vint à la veillée du lendemain. Déjà Henri avait cru s'apercevoir que cet enfant ne partageait pas la juste admiration de ses élèves pour les machines, produit du génie humain; il acquit ce soir-là la certitude de ne s'être pas trompé. Les enfants du sabotier, pressés de questions relativement à la raison qui faisait qu'on ne voulait pas se servir du pétrin mécanique, donnèrent pour réponse que les machines retirent l'ouvrage aux ouvriers et les réduisent à l'indigence.

« C'est Pobian qui vous a dit cela, repartit Henri. Etant encore si peu instruits de ce qu'on peut faire par le secours des machines, vous n'auriez pas su trouver la seule objection en apparence fondée, de ceux qui voudraient s'opposer, de tout leur pouvoir, aux progrès de l'esprit humain, dans quelque genre que ce soit. »

Après un moment de silence, Henri ajouta : « Qui ne dit mot consent! Eh bien! Pobian, voyons, éclaire-moi. Il est possible que je me sois trompé jusqu'à présent; si tu me le prouves, je reconnaîtrai hautement que j'ai eu tort. »

Pobian rougit jusqu'aux yeux, et répondit : « Dame, monsieur Henri, quand ils m'ont parlé du pétrin mécanique, je leur ai dit ce que j'ai entendu dire chez mon oncle l'aubergiste et à Lorient, chacun contre les machines ; les ouvriers surtout, qui n'ont déjà pas trop d'ouvrage, et qui voient faire par un seul la besogne de vingt : c'est leur ôter le pain de la main.

HENRI. — Je ne sais qu'un moyen de parvenir à la connaissance de la vérité : les mots ne signifient quelque chose qu'autant qu'ils ont pour base les faits.

» Ce drap si bon, si chaud, dont vous êtes tous vêtus, coûtait il y a cinquante ans, le double de ce qu'il coûte aujourd'hui ; et la misère alors était grande dans beaucoup de contrées, couvertes maintenant de pâturages où paissent des troupeaux cent fois plus nombreux : ce qui exige un plus grand nombre de pâtres pour les garder. Ces pâtres, dont la plupart végétaient auparavant dans la fainéantise et par conséquent dans la misère, peuvent à présent se procurer le nécessaire ; ils ne vont plus sans chemises, sans chapeaux, sans sabots. Les tisserands font donc une consommation plus grande de fil de chanvre, ce qui oblige les fermiers à une culture plus étendue des chenevières ; les fabricants de chapeaux, soit de paille, soit de feutre, occupant plus d'ouvriers, les marchands de peaux de lapins trouvent un débit plus considérable de leur marchandise, et achètent eux-mêmes beaucoup plus ; les sabotiers vendent plus de sabots, les coupes de bois deviennent plus fréquentes, et les bûcherons, les scieurs de long, travaillent toute l'année. Comme ils gagnent, ils dépensent ; ces dépenses, en apparence légères, font vivre une foule d'ouvriers de toutes les sortes, qui, à leur tour, vous le voyez, en font vivre d'autres. C'est comme une chaîne sans fin, dont le premier anneau, mis en mouvement, met en mouvement tous les autres anneaux, et ceux-ci lui rapportent ce mouvement qu'ils en ont reçu.

JEAN-LOUIS *à Pobian*. — Qu'as-tu à répondre à cela ?

HENRI. — Voilà un tableau très en petit, du résultat amené

par le bon marché des draps, qui conduit à une plus grande
consommation de laine. Le fabricant, qui vend davantage, emploie autant d'ouvriers qu'autrefois : car certaines opérations
ne peuvent se faire avec des machines ; et comme la fabrication
augmente, il s'ensuit naturellement qu'il faut quarante ouvriers
pour telle opération qui n'en exigeait que dix dans le temps où
l'on ne se servait ni de l'eau ni de la vapeur pour le laissage et
la tonte des draps, par exemple. Ces ouvriers-là non-seulement
dépensent comme les pâtres, mais ils ont besoin d'outils : ces
outils s'usent vite, parce qu'ils sont continuellement en usage ;
et les forges, les taillanderies, les coutelleries, tout ce qui travaille le fer et le bois, a cent fois plus d'occupation : partout
s'augmente la consommation en même temps que la production.
Il n'est donc pas une seule branche de l'industrie humaine qui
ne se trouve accrue par l'accroissement d'une autre ; et cet accroissement ne s'obtient que lorsqu'on a le moyen de simplifier
les procédés de la fabrication, de diminuer les frais de la main-
d'œuvre, et de mettre ainsi les objets fabriqués à la portée de
presque toutes les bourses. Tu ne parais pas convaincu, Pobian, de la justesse de ce que je dis-là?

POBIAN. — Monsieur Henri, cela me fait l'effet d'être vrai, et
de ne pas être vrai, tout ensemble ; car enfin, comme le dit toujours mon oncle, ce n'est pas le tout de fabriquer beaucoup et
à bon marché, il faut vendre.

HENRI. — Ton oncle a raison. Le défaut de commerce ou de
vente amène une misère générale. Reste à savoir maintenant si
l'on doit en accuser les machines, à cause des énormes produits,
en marchandises, qu'elles donnent, ou bien l'espèce de vertige
qui détourne chacun de cultiver le champ de ses pères, pour le
pousser vers les villes, où il trouve à exercer une industrie plus
productive en apparence. On se plaint de la cherté du pain et
du bon marché des étoffes ; on attribue la première à mille
motifs divers, et dont aucun, peut-être, n'est fondé ; la seconde
est causée, dit-on, par l'emploi des machines. Mais il est facile

de concevoir que si l'agriculture était moins négligée, et que si les landes de la Bretagne et celles du midi étaient défrichées, la France pourrait produire deux fois plus de blés, on vendre à l'étranger une plus grande quantité, et assurer dans l'intérieur une abondance réelle. Le gouvernement, au lieu d'être obligé de mettre des entraves à l'exportation des grains, y donnerait les mains au contraire; et telle nation qui ne veut pas de nos produits manufacturiers, parce qu'elle-même en a en surabondance, paierait, à beaux deniers comptants, ce blé que son sol lui refuse.

POBIAN. — Oh! je comprends cela, monsieur Henri, et je commence à croire que les machines ne sont pas cause absolument de tout le mal. Mais c'est qu'il est plus agréable de gagner trois ou quatre francs à un métier quelconque, que de labourer la terre et de faire la moisson sous le plein soleil d'août.

HENRI. — Tu vois alors que la masse sacrifie le bien-être de toute la vie à l'aisance de quelques jours.

POBIAN. — Mais comment faire pour empêcher cela?

HENRI. — Mon ami, si l'instruction était plus répandue, si chacun savait lire et écrire, on pourrait faire comprendre à nos paysans, par des livres clairement écrits, par des calculs et des faits que l'industrie n'est point une ressource aussi certaine, aussi immanquable que l'agriculture; que la France n'est pas trop petite pour sa population, comme quelques personnes le prétendent, puisqu'elle nous offre tant de terres incultes et désertes, dont la culture doublerait nos richesses réelles. D'un autre côté on ferait comprendre aux ouvriers que, prétendre s'opposer à l'établissement de machines nouvelles, c'est se conduire précisément comme ces despotes qui veulent sacrifier le bien général à leur bien particulier; et tous les despotes, nobles ou roturiers, également coupables envers la société, finissent par succomber dans leurs efforts pour faire rétrograder les nations ou pour les retenir. On leur dirait encore que l'établissement des machines a pu seul nous permettre d'entrer en concurrence avec nos rivaux les Anglais, dans les différentes places de l'Europe ; que nous devons aux machines d'être affranchis du tribut longtemps payé aux Indes pour les toiles de Canton, les mousselines blanches et imprimées ; à la Chine et à l'Italie pour leurs soieries : à l'Espagne, pour ses laines.

» En Angleterre on s'est révolté, comme en France, contre les propriétaires des machines ; on a même brisé quelques métiers : qu'en est-il résulté? Pendant plusieurs mois les ouvriers employés dans les fabriques où ces dégâts avaient été commis, se sont trouvés sans ouvrage. Il y a, voyez-vous, mes enfants, pour les inventions de l'homme, comme pour les événements qui changent la face des gouvernements et du globe entier, une force supérieure à notre volonté : cette force nous pousse toujours en avant. Les efforts de ceux qui tendent à retenir l'esprit humain dans des bornes devenues trop étroites, sont donc inutiles. Les machines sont et seront toujours l'une des preuves les plus admirables de la toute puissance du génie humain. Cependant le temps seul et des expériences réitérées peuvent faire atteindre, aux produits de quelques mécaniques, la perfection que les ignorants se croient en droit d'en espérer tout d'abord.

Le plus grand tort des inventeurs, en général, c'est de vouloir jouir et faire jouir trop vite des fruits de leur invention.

Les machines à vapeur ne sont pas arrivées, vous le savez, dès l'époque où l'on imagina de se servir de la vapeur, au point où nous les voyons aujourd'hui ; il en est de même, mes enfants, de toutes les découvertes de l'homme. Le temps mûrit les idées conçues par le génie ; et le temps contraint enfin les masses à reconnaître l'utilité de ce qu'elles avaient si vivement repoussé.

D'ailleurs, ce n'est point une haine fondée qui anime les ouvriers contre les inventions nouvelles ; c'est une haine aveugle, comme je vais vous le prouver par un exemple ; et cette haine prend sa source dans l'esprit de routine.

— M. Darcet, cet homme distingué, auquel l'humanité doi

autant que la science, a imaginé une lampe de sûreté pour les
ouvriers mineurs ; et, après lui, l'Anglais Davy en a imaginé
une autre. Dans les houillères, des explosions soudaines ont
lieu par l'irruption inattendue et l'inflammation de vapeurs
blanchâtres connues sous le nom de *feu sauvage* ou grison. Ces
vapeurs sortent des fentes des souterrains, sous la forme de
filets blancs ou de fils d'araignée voltigeant en l'air. Autrefois,
les ouvriers, avertis de leur présence par le sifflement qu'elles
produisent en s'échappant, n'avaient d'autre ressource que de
les saisir au passage, de les étouffer dans leurs mains, et
enfin de se jeter ventre à terre, quand ils n'avaient pas eu le
temps d'éteindre leur lumière; par des cris d'alarme, ils aver-
tissaient leurs camarades d'en faire autant ; alors la matière
enflammée passait sans leur faire de mal, ou bien elle détonnait
et plusieurs ouvriers étaient blessés, d'autres se trouvaient en-
sevelis sous les décombres. La lampe de M. Darcet, qui les pré-
serve de ces terribles dangers, était donc un bienfait inappréciable... Cependant combien il a fallu d'années avant qu'on ait
pu décider les mineurs à s'en servir! Ce n'est point, continua
Henri, la rareté ni la cherté des productions de l'industrie qui
maintient la prospérité des états, mais bien l'activité du commerce. Le commerce transporte à l'étranger la surabondance
de ses productions ; c'est son affaire : celle des gouvernements
consiste à s'occuper d'étendre les relations commerciales, à diriger les travaux de la nation, sans les entraver, vers les défri-
chements des terres incultes, quand il s'aperçoit que les fruits
de la terre ne sont pas aussi abondants qu'ils pourraient et de-
vraient l'être. C'est encore aux gouvernements qu'il appartien
de travailler à mettre les nations en mesure de fournir du blé,
partout où les étoffes, les métaux, les objets de luxe ne sont pas
recherchés.

POBIAN. — Alors ce n'est point aux machines, c'est aux gouvernements qu'il faut s'en prendre quand les choses vont mal?

HENRI. — Doucement, mon ami! Si le gouvernement s'adresse

à des gens éclairés, rien ne sera plus facile que de leur faire écouter la voix de la raison ; mais s'il a affaire à des malheureux que la misère accable et que l'ignorance aveugle, où seront ses moyens de persuasion ? Ceux que presse la faim n'ont ni le pouvoir ni la volonté de raisonner ; ils reçoivent aisément chaque idée qu'on leur suggère, comme pouvant mettre un terme à cet état de gêne générale et particulière, qui est la suite inévitable de toute révolution. Pour satisfaire une animosité sans but réel, ou pour gagner deux francs, ces malheureux s'en prennent aux machines : on se révolte, on brise, on incendie les fabriques. Le résultat de tout cela, c'est la prolongation de la crise et de l'inactivité du commerce.

ÉTIENNE. — Rien n'est plus vrai, au moins ! Ruiner les fabricants, ce n'est pas leur donner les moyens de faire travailler les ouvriers.

HENRI. — De l'ignorance nous viennent donc nos plus grands maux. Nous avons tous reçu en partage une certaine dose de raison ; mais cette raison a besoin d'être cultivée, comme toutes nos facultés morales et physiques. L'homme brut cède à ses passions ; l'homme éclairé travaille à les vaincre. Chez le premier, le bon sens ne brille qu'un moment ; chez l'autre, le bon sens, développé par la réflexion, règne toujours : le premier s'écarte constamment du but ; le second, grâce à sa persévérance, parvient tôt ou tard à l'atteindre. »

XXII. — ORIGINE DU FILAGE A LA MÉCANIQUE.

Comme tous les enfants en général, les élèves de Henri auraient volontiers passé d'une chose à l'autre, oubliant ce qui les avait intéressés ou amusés la veille, pour courir le lendemain à un objet nouveau. Mais Henri voulait qu'on revînt, par des comparaisons et des rapprochements, sur ce qu'on avait précédemment appris, et que l'on fît comme des extraits des entretiens qui avaient eu lieu pendant les veillées.

« Dans deux mois au plus, disait-il à Étienne, à Hubert, à Marie-Anne, vous entrerez en apprentissage. Profitez donc du temps qui vous reste pour faire des notes que vous serez bien aises de retrouver plus tard. Je vous demande seulement quelques mots ; il n'en faut pas plus pour vous remettre sur la voie, si la mémoire venait à vous manquer.

ÉTIENNE. — Pourtant, monsieur Henri, vous demandez encore autre chose, et une chose bien difficile : c'est qu'on écrive l'orthographe ! Moi, je n'y peux pas mordre ; c'est une vilaine invention. Ce serait bien plus simple d'écrire comme on parle.

HENRI. — Mais, pour cela, il faudrait que chacun parlât bien et prononçât également bien ; autrement la langue écrite par un *Normand*, par un *Picard* ou un *Galo*, ne serait pas lisible. Te souviens-tu de la peine que j'ai eue à vous désaccoutumer tous de votre mauvaise prononciation ! Si alors tu avais su écrire, tu aurais mis *cat* pour chat, *mangea* pour manger, *essuir* pour essuyer, et ainsi du reste. On trouverait certainement beaucoup à blâmer dans l'orthographe telle qu'elle est établie ; mais, en attendant qu'on l'ait simplifiée, il faut apprendre à la mettre à peu près comme tout le monde, afin de pouvoir être lu et compris de tout le monde.

Henri avait de la suite dans ses idées. Il savait que l'habitude rend tout facile ; qu'avec l'habitude de bien faire, et de faire tous les jours la même chose, le travail se trouve allégé et simplifié : aussi exigeait-il que, chaque après-dînée, deux heures fussent consacrées à la rédaction de ces notes qu'il demandait.

« Beaucoup de choses en peu de mots, disait-il toujours. Ainsi vous mettez *vapeur, levier, piston, pommes de terre :* à l'instant, tout ce que je vous ai dit à ce sujet se présente à votre mémoire, et vous adaptez une roue, mue par l'eau ou par la vapeur, aux machines dont vous entendez parler.

HUBERT. — C'est bien vrai. Il y avait, ce matin, chez le père de Simon, un monsieur de Saint-Brieuc qui parlait d'une fabrique d'étoffes de laine, où tout se fait par la vapeur : aussitôt j'ai pensé au rouet de madame Arzanno, à l'aiguille à tricoter avec son bouchon, au corps de pompe en papier, à la manivelle mise en jeu par tout cet arrangement, et cela m'a fait un plaisir de voir marcher tout cela ! Pourtant ce monsieur a parlé de choses que je n'ai pas trop comprises... Est-ce vrai, monsieur Henri, qu'on fait le poil aux draps seulement après ?

HENRI. — Comment, après ?

HUBERT. — Oui, en dernier.

HENRI. — Le moyen, mon ami, de le faire en tissant ?

HUBERT. — C'est ce que je dis toujours... et cependant je ne vois pas de quelle façon on peut le *ravoir* ensuite.

HENRI. — D'une façon très-simple...

— Oh ! pas à présent, monsieur Henri, je vous en prie ! s'écrièrent une foule de voix. Vous nous le *diriez* maintenant ; au lieu qu'à la veillée vous nous le *raconterez*, ce qui sera plus amusant.

— Va pour ce soir ! répondit Henri. »

Hubert qui se destinait, vous le savez, à être tisserand, avait réuni, depuis assez longtemps, quelques échantillons d'étoffes minces et légères de laine et de coton, de soie et de fil. Il les étala devant lui sur la table, dès qu'on fut rassemblé pour la veillée, en disant : « Monsieur Henri, voulez-vous m'apprendre, s'il vous plaît, qui sont les pères, les mères et les enfants dans tout ceci ?

HENRI. — Qu'entends-tu par là ?

HUBERT. — Mais, dame ! les premières étoffes qu'on a fabriquées ont été comme les pères et les mères des autres !

HENRI. — C'est juste. De même, on pourrait dire que les premiers métiers de tisserand ont été les pères, les ancêtres, les aïeux de tous ceux qu'on a imaginés pour faire des tissus brochés, cannelés, ouvragés de cent et cent façons. Eh bien ! de cette grosse toile d'étoupes descendent sans nul doute, en droite ligne, les plus belles toiles de chanvre, de lin, et les plus fines

batistes; ce *garai* des Indes a fait naître les étoffes de Masulipatham, et l'*air tissé*; cette serge a donné naissance à tous les
tissus croisés en laine, en coton, en soie. Quelques *mangues*
dans la croisure auront suggéré l'idée des étoffes brochées;
et, *de fil en aiguille*, comme disent les bonnes gens, nous sommes arrivés au point d'exécuter, avec le métier de tisserand et
la navette, ce qu'on ne faisait autrefois qu'à la main et avec un
travail infini.

HUBERT. — Comment, monsieur Henri, vous croyez qu'il n'en
a pas fallu davantage que quelques *mangues* dans la croisure
pour faire penser qu'on pouvait tisser des étoffes brochées?

HENRI. — Rien d'aussi probable; il faut bien peu de chose
pour mettre l'homme de génie sur la voie. N'a-t-on pas répété
mille et mille fois que la chute d'une pomme fit rêver Newton
et le conduisit à la découverte du système de l'attraction exercée
par la terre sur tout ce qui la couvre? Plus l'homme est instruit,
plus les événements ordinaires excitent en lui de grandes pensées et de rapprochements à établir. L'ignorant peut également
découvrir quelque vérité nouvelle; mais il aura plus de peine
que l'homme instruit à la mettre à la lumière, à la rendre
palpable pour les autres, comme elle l'est pour lui. Ainsi, un
barbier du village de Preston, en Angleterre, le dernier de
treize enfants, ayant eu l'idée qu'on pouvait filer le coton à la
mécanique, éprouva longtemps la plus grande difficulté à faire
comprendre cette idée, parce qu'il ne connaissait rien aux plus
simples machines, et parce qu'il était dépourvu de toute espèce
d'instruction. Il avait réussi cependant à faire un modèle très-
incomplet de la mécanique dont il sentait l'importance, sans
pouvoir la faire sentir à d'autres. Ayant enfin trouvé des
bailleurs de fonds, le barbier travailla sur nouveaux frais. Mais
on se lassa de ses tâtonnements, et, sans un mécanicien,
M. Strust, à qui le modèle fut montré, les travaux du pauvre
barbier seraient demeurés sans résultat. M. Strust devina tout
le mérite d'Arkwigth. Il l'aida à débrouiller ses idées, en lui

donnant les premiers principes de l'art mécanique, en lui en-
seignant le système de l'engrenage des roues dentées, et, quelques années après, le barbier du village de Preston avait pu
prendre des brevets d'invention pour d'autres machines, et avait
ouvert à son pays une source de richesses nouvelles.

Un autre Anglais, James Hargreaves, fileur et tisserand,
avait imaginé, à peu près dans le même temps, tout en filant et
en tissant, de carder le coton autrement qu'à la main. Il y parvint en attachant une carde sur un bloc de bois, et, sur cette
carde, il en fit jouer une autre au moyen d'une poulie qui lui
imprimait un mouvement descendant et ascendant continu.
Cette machine grossière cardait deux fois plus de laine que le
meilleur ouvrier, dans le même espace de temps. Plus tard,
Hargreaves sentit s'éveiller des idées nouvelles. Un jour il vit
tomber un rouet ordinaire, qui, poussé par le choc, s'éloigna à
une assez grande distance, sans cesser de tourner et par conséquent de filer. Les réflexions que lui suggéra ce petit événement, fort peu remarquable en lui-même, l'amenèrent à penser
qu'on pouvait remplacer, par des *broches verticales* ou droites,
les *broches horizontales* employées dans les rouets communs.
Après bien des essais infructueux, il parvint à mettre en jeu
huit broches plantées debout dans une planche. Tenant serrées
dans ses mains les extrémités de deux morceaux de bois entre
lesquels il avait placé huit *boudins* de coton cardé, correspondant aux huit broches, il eut le plaisir de filer huit fils à la fois
au lieu d'un... Mais loin d'être encouragé dans ses tentatives,
Hargreaves vit accourir chez lui les cardeurs, les fileurs, les
fileuses, qui brisèrent ses machines à peine ébauchées. L'inventeur quitta le pays et alla s'établir ailleurs. Il fit connaître
ses inventions, et obtint l'appui du gouvernement; il y avait
droit : car le premier devoir des gouvernants est de protéger les
inventeurs des choses utiles; et le pauvre tisserand devint chef
d'une belle filature. Voilà l'origine des filatures de coton ou de
laine, qui permettent de donner les étoffes à bas prix, et de

l'ouvrage à une foule d'ouvriers, parce que ce bas prix centuple la consommation de chaque chose. Il n'en faut donc pas tant, vous le voyez, pour exciter le génie et pour faire naître une foule de merveilles.. Occupons-nous maintenant de nos toiles de chanvre. Vous pensez bien, mes enfants, qu'on n'a pas trouvé tout d'abord le secret de tirer du chanvre cette filasse si commune aujourd'hui. Il a fallu qu'un hasard heureux mît sur la voie, et enseignât à le *rouir*, ainsi que le lin, c'est-à-dire à pourrir la première écorce, en faisant tremper le chanvre et le lin dans l'eau courante ou stagnante; ou bien encore à les exposer, par poignées, à l'action de l'air et de la gelée, méthode employée en Angleterre : elle est bien préférable à la première, parce qu'elle abrége le travail du teillage et n'empoisonne pas les ruisseaux.

HUBERT. — Mais pourquoi donc faire tout cela?

HENRI. — Mon ami, pour détacher de la première écorce les filaments qu'elle renferme, et pour dégager ceux-ci de la gomme ou matière glutineuse qui les tient collés les uns aux autres. Il faut ensuite battre ou teiller le chanvre et le lin, les peigner, les filer, et enfin tisser le fil qu'ils ont donné. Le coton, la soie, la laine, exigent également bien des travaux préliminaires. Depuis qu'on a porté au plus haut point de perfection la fabrication des étoffes, la recherche dans ces travaux a été poussée très-loin; mais le détail des procédés employés aujourd'hui vous fatiguerait, sans vous amuser ou vous instruire beaucoup. D'ailleurs, *qui trop embrasse mal étreint;* nous pourrons revenir plus tard sur tout cela. Bornons-nous, pour le moment, à la fabrication du drap commun au métier à bras, par exemple, sans nous arrêter à la division des toisons en première, seconde, tierce qualité; ni au dégraissage de la laine, à la teinture, à l'huilage, au cardage, au filage. Voilà le métier monté. Ce métier doit avoir trois mètres de large, si nous voulons avoir une étoffe d'un mètre et demi de large.

Hubert. — Mais, monsieur Henri, un seul tisserand ne suffit pas pour manœuvrer un métier de cette portée!

Henri. — Un seul tisserand suffit pour un métier de trois mètres et demi de large, et même plus, depuis l'adoption de la navette *volante*. Au milieu du métier, tombe, devant le tisserand, une ficelle à laquelle viennent se rattacher, de droite et de gauche, deux autres ficelles; ce qui forme une espèce d'Y grec. La ficelle de droite passe sur une poulie fixée à l'extrémité supérieure du poteau de droite, qui soutient la traverse d'en haut; la ficelle de gauche passe de même sur une poulie fixée à l'extrémité supérieure du poteau de gauche; toutes deux descendent le long des poteaux, et viennent se rattacher chacune à une petite pièce de bois nommée *talon*. Le tisserand prend la ficelle qui pend devant lui, et tire, en appuyant tantôt à droite, tantôt à gauche : les *talons* jouent tour à tour et chassent la navette, qui est lancée tantôt d'un côté, tantôt de l'autre, avec une telle rapidité, qu'en effet elle semble voler.

Hubert. — Alors, monsieur Henri, le tisserand ne touche pas du tout à la navette?

Henri. — Il n'y touche que pour changer l'*espoulin* ou fusée, quand celui-ci est dégarni de fil de trame. Lorsque nous irons à Lorient, je te conduirai à la fabrique de calicots de M. Cleder, où tu verras des navettes volantes. Cette jolie invention, qui peut s'adapter a tous les métiers, est due à un Anglais nommé Kay.

Comme on tisse le drap à *chaîne mouillée*, on ne le laisse point roulé sur l'ensouple de devant; celle-ci ne contient que la quantité d'étoffe nécessaire pour tendre la chaîne; le reste, rejeté sous le métier, sèche à mesure.

La toile de laine étant faite, passe entre les mains des *épinceteuses*, après avoir été marquée, à l'aiguille, du nom du fabricant. Ces femmes, munies de petites pinces, défont les nœuds, dédoublent les doublés, resserrent les clairures, et enlèvent tous les corps étrangers qui ont pu se mêler à la laine pendant le filage. Vient alors l'opération d'un nouveau dégraissage et du *foulage*.

Le foulage consiste à soumettre le drap enroulé sur lui-même pendant plusieurs heures, à l'action de pilons mus par l'eau ou la vapeur. On obtient maintenant ce même résultat en beaucoup moins de temps avec des foulons mécaniques. Au sortir de cette opération, le drap est porté au séchoir. Quand il est sec, on le reprend pour le lainer ou pour *ravoir* le poil, comme dit Hubert.

HUBERT, *joyeusement.* — Ah! nous y voilà!

HENRI. — Autrefois, c'était en passant des têtes de chardons sûr l'étoffe, qu'on *lainait* le drap, comme on laine encore les couvertures. Maintenant on a une machine laineuse; c'est un cylindre, ou *tambour*, armé de têtes de chardon en métal. Cette machine fait cent fois mieux et dix fois plus vite une besogne qu'il faut répéter à poil et à contre-poil, en mouillant l'étoffe à chaque lainage et en la faisant sécher dans l'intervalle d'un lainage à l'autre. On n'en donne qu'un ou deux au drap commun. Autrefois encore on tondait le drap à la main après le premier, le second, le troisième lainage. Maintenant on a une machine *tondeuse*, mue aussi par l'eau ou la vapeur : elle tond l'étoffe en long ou en large, à volonté, avec une vitesse et une perfection admirables.

Toutes ces opérations finies, il faut *ramer* le drap. Les métiers de nos matelassières peuvent vous donner, en petit, une idée de l'énorme rame ou châssis, qui est assez long pour recevoir la plus grande pièce de drap. On accroche celui-ci par les lisières, aux clous à crochet qui garnissent le châssis de chaque côté; ensuite on le tend : les plis s'effacent; l'étoffe reprend la largeur qu'elle doit avoir, et que le foulage avait diminuée de plus de moitié. Il ne reste plus qu'à coucher les poils, qu'à lustrer et à lisser chaque pièce.

C'est encore un cylindre, ou tambour, garni de brosses dures, et un autre cylindre garni de tuiles à lustrer, qui font en un clin d'œil ces deux opérations. Le tambour à brosses tourne, et les poils se couchent dans le même sens; le tambour à lustrer tourne, et le drap se lustre. Enfin la pièce, pliée par moitié dans toute sa longueur, est portée à la presse. Ici ce sont des femmes qui font le travail préparatoire; il consiste à placer, entre les deux doubles de l'étoffe, un carton bien lisse, un autre par-dessus l'étoffe, qu'on rabat ensuite de droite à gauche, puis de gauche à droite, en continuant à la garnir ainsi de cartons jusqu'à la fin de la pièce, qui est mise en presse, enveloppée, emballée, et livrée aux marchands.

MARIE-ANNE. — Bon Dieu! que d'ouvriers et de machines il faut pour faire du drap!

HUBERT. — Et les chapeaux, monsieur Henri? J'ai défait un morceau de vieux feutre; mais je n'ai jamais pu trouver ni fil de chaîne, ni fil de trame.

HENRI. — Par la raison toute simple qu'il n'y en a point. Le foulage ou feutrage fait tous les frais de cette étoffe non tissue. Des poils de lapin et de lièvre, qui ont subi d'abord bien des préparations, sont mêlés et foulés ensemble, jusqu'à ce qu'ils donnent une étoffe compacte et solide; on la brosse avec une brosse dure pour en faire ressortir les poils, comme les chardons font ressortir ceux du drap. Il n'en est pas ainsi des étoffes de coton et de certaines étoffes de laine, qui ne sont réputées belles qu'autant qu'elles ont été entièrement débarrassées de leur poil ou duvet. On grille les percales, les stoffs, les châlis, et l'on flambe les mousselines, les tulles, les gazes.

POBIAN. — Ah! par exemple!

ÉTIENNE. — Mais cela doit les roussir!

HENRI. — Non, mon ami; le duvet seul se trouve grillé, l'étoffe reste intacte. Pour les mousselines, on emploie la flamme du gaz inflammable, et l'on sait la diriger avec tant d'habileté, qu'elle passe entre tous les fils du tissu le plus fin, sans les endommager et sans en altérer la blancheur.

ÉTIENNE. — En vérité, depuis que je suis ici, j'entends raconter tant de choses merveilleuses, que je ne sais pas laquelle est la plus admirable!

HENRI. — Que dirais-tu donc, si tu habitais une grande ville où s'offrirait à tes regards une foule d'industries si diverses, qu'il n'est pas même possible de les indiquer, tant elles sont multipliées! Eh bien! les habitants de ces grandes villes passent avec indifférence devant ces fabriques, qu'on leur ouvrirait bien volontiers, s'ils voulaient prendre la peine de s'y présenter. Quand on leur dit : il y aurait telle ou telle chose curieuse à voir, ils répondent en bâillant : J'irai demain. Demain, toujours demain! et la plupart meurent ainsi sans avoir vécu; car s'occuper et s'instruire, c'est vivre.

XXIII. — LES JOURS GRAS.

Henri, moins pour récompenser ses élèves, parce qu'il est des choses qu'on ne récompense pas avec de l'argent, que pour les accoutumer à en avoir un peu à leur disposition, afin qu'ils apprissent à en apprécier la valeur par l'emploi qu'ils en feraient, donnait chaque dimanche une pièce de dix sous à celui qui avait été moniteur trois fois dans la semaine; une belle pièce de vingt sous revenait de droit à celui qui avait conservé, du lundi au samedi, sa croix de moniteur général.

Le trésor des enfants du sabotier se serait bien vite accru, si l'hiver n'avait pas été rude, et s'ils n'avaient pas eu un bon cœur; mais le petit trésor allait, au contraire, toujours en diminuant. Comment ne pas donner quelque chose à ceux de leurs camarades qui manquaient de tout? Comment être avare et sans pitié, lorsque, chez M. Arzanno, ils recevaient journellement l'exemple d'une bienfaisance que rien ne pouvait lasser, lorsqu'ils voyaient Henri s'imposer des privations, et M. le recteur se dépouiller pour donner du pain aux affamés, et pour couvrir ceux qui allaient nus?

Cependant, à l'approche des jours gras, Jean-Louis éprouva une sorte de regret et soupira, en songeant que ce qu'il possédait d'argent ne suffirait pas pour acheter le moins beau de tous ces beaux masques qui se montraient aux passants à travers les vitres de la boutique du père de Simon.

— J'en aurais tout juste assez, disait-il à son frère Etienne, si je n'avais pas promis à la vieille Languidic de lui prêter vingt sous. Avec cela elle achètera de la farine, du beurre, pour faire des crêpes qu'elle vendra, et puis elle rachètera encore de la farine et du beurre : cela fait que son commerce ira pendant les jours gras... Je sais bien qu'elle me rendra mon argent comme les autres fois ; mais alors les jours gras seront passés, et je n'aurai plus besoin de masque.

ETIENNE. — Je te prêterais volontiers ce qui te manque, et Hubert ne te refuserait pas non plus... Mais, vois-tu, ce serait faire une dette, et pour une chose dont tu ne te soucieras plus dans huit jours. Tu sais bien ce que M. Arzanno disait, dimanche dernier, à propos des dettes ; comme il recommandait au fermier Gouézec de n. ras emprunter ; comme il lui montrait qu'on s'accoutume à prendre dans la poche de ses amis, d'abord pour des choses utiles, et ensuite pour s'acheter ses fantaisies ; enfin comment on arrive à devoir de l'argent à tout le monde, et à être obligé de vendre jusqu'à sa dernière chemise. On passe bientôt pour un malhonnête homme, et l'on va en prison !... Alors viennent le déshonneur pour soi et la misère pour sa femme et ses enfants...

JEAN-LOUIS. — Oh ! toi, Etienne, tu mets toujours les choses au pis ! Prête-moi dix sous, et Hubert autant... Si tu savais comme tous ces masques sont beaux !... Il y en a un, c'est le diable en personne.... Il vaut trente sous, à cause des cornes... Dis, Etienne, veux-tu ?

ETIENNE. — Je t'en ferai un en papier.

JEAN-LOUIS. — J'en ferais bien un moi-même, mais je n'en veux pas. Hum ! comme tu es ladre, va !

ÉTIENNE. — Ce que tu dis là est d'autant plus vilain, que tu sais bien le contraire. Tiens, voilà vingt sous ; mais je te les donne à contre-cœur.

JEAN-LOUIS. — Oh ! je le vois de reste ; merci tout de même. Ne le dis pas à M. Henri !

ÉTIENNE. — Voilà la première fois que tu me défends de dire quelque chose à M. Henri ; pourquoi cela, Jean-Louis ?

L'enfant rougit, ne répondit rien, et s'échappa.

Henri, cependant, s'était occupé en secret de procurer à ses élèves le plaisir de courir Pontscorff en masque. Il voulait augmenter ce plaisir en leur donnant la satisfaction de faire leurs masques eux-mêmes. Ingénieux autant qu'adroit, il était parvenu à fabriquer six moules en plâtre de différentes grandeurs. Je ne saurais vous dire la joie tumultueuse des enfants, lorsqu'en arrivant pour la veillée, ils apprirent le but de tous les préparatifs qu'ils apercevaient. Heureux de leur bonheur, Henri leur dit : Je vais vous montrer comment vous devez vous y prendre ; vous travaillerez ensuite chacun à votre tour.

Il posa devant lui sur la table un morceau de carton, composé de deux feuilles de papier gris collées ensemble et tout humides, il en avait une provision préparée d'avance. Sur la feuille de carton il plaça un patron qui donnait les contours de la moitié du masque ; avec un poinçon émoussé il traça ces contours sur le carton, en appuyant fortement ; ensuite, au lieu de couper, il déchira avec précaution, en suivant le trait, qui se trouva, par ce moyen, garni tout du long de *barbures*. La même opération ayant été faite pour l'autre moitié du masque, Henri prit un peu du saindoux avec un pinceau, et en frotta légèrement l'intérieur du moule, qu'il enduisit ensuite de colle : alors il posa la première partie du masque dans le moule, en pressant le carton humide sous ses doigts, afin de lui faire prendre les creux et les reliefs ; l'autre moitié fut moulée de même. Après que Henri eut bien réuni les barbures qui formaient la jointure des deux parties, à partir du front jusque sous le menton, il mit le tout à sécher à quelque distance du feu.

« Essayez-vous maintenant, dit-il, nous avons huit jours devant nous. Allons, à l'ouvrage ! »

Toutes les tentatives ne réussirent pas : cependant il y eut quelques masques de faits dans la veillée, et vous pouvez juger si l'on attendit avec impatience celle du lendemain, celle du sur-lendemain, et toutes les autres. Les petites filles, étant plus adroites que les garçons, avaient été chargées du soin de découper la place des yeux, les narines, l'ouverture de la bouche, à mesure que les masques, bien secs, étaient retirés des moules. Mais, avant de donner la première couche de peinture, on avait le soin de laisser quelques heures les masques à la cave, afin de leur rendre un peu d'humidité.

Tout en dirigeant ces travaux et en travaillant lui-même, Henri racontait à ses élèves que les fêtes du carnaval dataient de la plus haute antiquité : à Rome, par exemple, on les nommait *Saturnales* ; pendant leur durée, le dernier des esclaves avait le droit de traiter son maître sur le pied d'une parfaite égalité.

« Notre industrie, ajouta Henri, a su enlever, en la perfectionnant, la fabrication des masques à l'Italie, où elle avait pris naissance. C'est à présent de France que sortent ceux dont on fait usage dans tous les pays de la terre.

ETIENNE. — Monsieur Henri, les ouvriers qui font les masques doivent se trouver sans ouvrage pendant la moitié de l'année ?

HENRI. — Ils sont, au contraire, occupés d'un bout de l'année à l'autre. Les masques grossiers que nous faisons ici, ne vous donnent qu'à peine une idée des beaux masques en batiste, en satin et en cire qu'on fabrique à Paris. Nos moules feraient triste figure dans les ateliers où l'on en compte près de trois cents de modèles différents, et le coloris de ces beaux masques, dont quelquefois la partie inférieure est mobile et se prête aux mouvements du visage, exige un talent supérieur à celui des barbouilleurs comme nous. Pour ces beaux masques, il faut de beaux costumes, faits de riches étoffes; il faut des plumes, des fleurs, des dentelles d'or ou d'argent, des bijoux. Tailleurs, marchandes de modes, bijoutiers, carrossiers, cordonniers, tout est en mouvement six semaines au moins avant l'époque du carnaval : et ainsi le fabricant de masques, qui en débite pour une centaine de mille francs, cause, par cette vente, dans le commerce, une circulation de plus de cent millions de francs.

POBIAN. — Alors, monsieur Henri, pourquoi donc y a-t-il des gens qui crient si fort contre ces plaisirs-là ?

HENRI. — Parce que, mon ami, ces plaisirs-là ne sont pas toujours innocents. Pour contenter la folle envie de briller un moment, on prend à crédit, ou bien on emprunte de l'argent à gros intérêts. Trop souvent ces trois jours de plaisirs nous coûtent le repos de notre vie entière, l'aisance de nos vieux jours, la fortune de nos enfants. »

Jean-Louis essuya, à la dérobée, deux larmes qui venaient de couler sur le masque qu'il commençait à peindre. Personne, si ce n'est Henri, ne s'en aperçut.

« Les frais de toilette, poursuivit Henri, ne sont encore que peu de chose, si on les compare à ceux dans lesquels se trouvent entraînées les personnes qui reçoivent et qui donnent des bals. Comme tout le monde ne danse pas, il faut jouer; et Dieu sait où le jeu peut conduire en une seule soirée ! Voilà les dangers pour ce qu'on appelle *la bonne compagnie*. Ils sont aussi nombreux, et au moins aussi grands, pour ceux à qui l'éducation n'a pas appris que la gaîté doit toujours être contenue dans de justes bornes. On croit que la liberté du masque permet tout, et, comme en l'honneur du carnaval, chacun met sa gloire à boire un peu plus que de coutume, les rires se changent bientôt en pleurs; aux malices succèdent parfois les méchancetés, aux médisances la calomnie ; des injures on en vient aux coups, et la salle de danse se transforme en un lieu de combat où le sang coule quelquefois.

ÉTIENNE. — C'est drôle pourtant qu'on ne puisse pas s'amuser raisonnablement ! car enfin, comme M. le recteur le disait encore hier, ce n'est pas à se déguiser qu'il y a du mal, mais à se donner alors des licences qu'on ne prendrait pas dans ses habits de tous les jours. Tenez, monsieur Henri, les plaisirs, c'est comme l'ydromel, doux à la bouche et amer au cœur !

HENRI. — Et cependant aucun de vous ne renoncerait volontairement à se montrer lundi et mardi prochains en masque, sur la place de Pontscorff !

ÉTIENNE. — S'il le fallait, monsieur Henri, je n'en pleurerais pas, quoique j'aime autant qu'un autre à m'amuser, sans trop faire de bamboches pourtant. « *Il faut que jeunesse se passe*, comme le dit M. le recteur ; *mais*, comme il le dit encore, *sans laisser ni remords ni repentir !* »

Personne, dans la maison de M. Arzanno, n'était resté oisif. Les dames avaient fait des perruques de filasse, cousu des rubans de laine rouge ou bleue à des tabliers blancs, et monté, avec de vieilles dentelles, des bonnets de toutes les façons. Mais ce n'était pas tout. Chaque année au mardi gras, M. Arzanno donnait un repas à ses fermiers, à ses tenanciers, aux locataires des moindres chaumières qu'il possédait dans le pays. Huit jours à l'avance, le jardinier et la vieille cuisinière allaient faire les invitations, qui s'adressaient depuis l'aïeul jusqu'au plus petit enfant, tous les membres de la famille devant être invités nommément et avec politesse. Le paysan breton est fier et susceptible ; jamais il ne paraîtra à une fête où il ne sera pas certain, par la manière dont il a été prié d'y assister, d'être vu avec plaisir.

Tout était donc sens dessus-dessous, depuis le haut de la maison jusqu'en bas. La chaudière à lessive devait servir de marmite pour faire le potage ; les énormes bassins de cuivre remplaçaient les casseroles, le tourne-broche avait été garni de deux longues broches, et des tonnes de cidre avaient été roulées dans la cour; partout se dressaient des tables, des bancs. Les chambres à coucher, le salon, se transformaient en salles de banquet; car le nombre des convives était grand.

Le lundi gras, les enfants du village accoururent en foule chez M. Arzanno. Les déguisements étaient prêts et le rire brillait dans tous les yeux, sur toutes les bouches.

Henri allait descendre dans la salle commune, lorsque Jean-Louis entra timidement chez lui, tenant à la main un masque qu'il cachait à moitié d'un air confus.

« Comment! dit Henri, tu n'es pas encore habillé? »

L'enfant voulut répondre; mais il fondit en larmes et se jeta dans les bras de son jeune protecteur, qui le repoussa doucement.

« Que signifient ces pleurs et qu'est-ce que ce masque? » demanda Henri en le relevant, car Jean-Louis l'avait laissé tomber.

D'une voix entrecoupée l'enfant parvint, non sans peine, à raconter l'histoire de ce malheureux masque qu'il avait eu tant de hâte d'acheter.

HENRI. — Puisque le voilà, il faut t'en servir : cela ira fort bien avec ton costume d'artisanne, et les cornes du diable auront très-bon air sous ton bonnet de dentelle.

JEAN-LOUIS. — Monsieur Henri... je vous en prie!... Les sanglots étouffèrent la voix du pauvre Jean-Louis.

HENRI. — Ce masque prouvera que tu es *riche;* car il faut l'être pour mettre trente sous à une dépense inutile... Allons, essuie-toi les yeux, tu vois que je ne te gronde pas.

JEAN-LOUIS. — Oh!... J'aimerais mieux... être grondé... comme je le... mérite!... monsieur Henri, prenez... ce... masque... gardez-le... je vous en prie!...

HENRI. — Non, mon ami, tu le porteras aujourd'hui; pour demain, tu en as un autre : il ne sera pas dit que tu auras emprunté de l'argent sans oser te faire honneur d'une chose qui te

coûte si cher. Voici la seconde fois que tu fais une dépense
inutile ; à la troisième, je te dirai ce que je pense de cette
facilité, qui pourrait te mener loin.

JEAN-LOUIS. — Monsieur Henri... au moins... vous ne gronderez pas Etienne !... oh ! non, ne le grondez pas... ce n'est point
sa faute !...

— Gronder Etienne ! reprit Henri d'un air plus doux. Eh !
pourquoi donc le gronderais-je ? ce n'est pas à lui qu'on doit
s'en prendre, si tu as aussi peu de raison que d'économie. Va,
te dis-je, et amuse-toi. »

Mais Jean-Louis, dans la journée, eut cruellement à se repentir de sa folie : les plaisanteries ne lui furent pas épargnées.
Après avoir couru avec les autres enfants à la suite du Mardi-
Gras, il rentra sans bonnet, sans masque, et avec son tablier
déchiré, parce qu'en route il avait livré combat aux *insolents*
qui osaient le railler. Madame Arzanno et les vieilles cousines
grondèrent cette fois : Henri ne dit mot, mais ce silence accabla
le pauvre Jean-Louis. Il alla se coucher sans vouloir souper,
quoiqu'il y eût des crêpes et des beignets en abondance.

Le jour suivant, de grand matin, on vit paraître l'une après
l'autre les familles entières des paysans invités à dîner chez
M. Arzanno. Il les accueillit avec cordialité, et sut trouver un
mot affectueux à dire à chacun. M. Arzanno veilla à la distri-
bution des places aux différentes tables, et se mit à celle des
vieillards, laissant à ses sœurs et aux vieilles cousines le soin
de faire les honneurs des autres tables. Pendant ce temps
madame Arzanno, aidée par Marie-Josèphe, distribuait, à la
porte de la maison, de la soupe, de la viande, du pain, aux
pauvres qui se pressaient sous le péristyle. Les pots de cidre
circulaient à la ronde, et chacun buvait gaîment à la santé de
cette famille hospitalière. La sage administration de revenus
bien médiocres la mettait à même, non-seulement d'aider les
malheureux toute l'année, mais de leur procurer, aux principales fêtes, quelques jouissances.

Les convives restèrent à table depuis midi jusqu'à trois heures ; alors tous coururent sur la place pour grossir le cortége du Mardi-Gras. C'était un mannequin de paille vêtu d'habits rapiécés ; on l'avait placé à califourchon sur son âne, la figure tournée du côté de la queue, qu'il tenait en guise de bride.

A leur retour chez M. Arzanno, les conviés trouvèrent deux binious. On passa la nuit à danser, à chanter, à boire, en prenant garde cependant de s'oublier dans les accès d'une trop grande gaîté, afin d'être invité de nouveau l'année suivante.

Les maîtres de la maison dormirent comme ils purent au milieu de tout ce bruit, et, le lendemain matin, tout le monde partit pour aller entendre la grand'messe et recevoir les cendres à Lébin.

Après être revenu déjeuner, on se réunit sur la place pour les funérailles de Mardi-Gras. Il fut conduit en grande pompe au Bas-Pontscorff, et jeté à la rivière au bruit étourdissant des chants, des éclats de rire, des huées et des adieux comiquement lamentables que lui adressèrent tous ceux qui se trouvaient là.

XXIV. — LE CHOIX D'UN ÉTAT.

Quinze jours entiers se passèrent sans que Jean-Louis pût parvenir à être moniteur plus d'une fois dans la semaine. Il s'était acquitté envers Etienne, la bonne femme Languidic lui ayant rendu l'argent qu'elle en avait reçu à titre de prêt ; et il s'était acquitté bon gré, malgré, car Etienne ne voulait pas reprendre ses vingt sous ; mais Jean-Louis y avait mis de l'obstination, en disant : « Cela me fera mieux sentir qu'il ne faut point faire de dettes. J'ai encore plus de regret à mon argent, maintenant que les jours gras sont passés, et que je dois donner tout ce que je possède pour une chose qui m'a causé cent fois plus de chagrin que de plaisir. Tout cela m'a porté malheur ; c'est comme un sort ; je ne peux pas être moniteur trois fois dans la semaine ; si je continue de la sorte, à Pâques je n'aurai pas seulement un denier.

ÉTIENNE. — J'ai dans l'idée que ce qui t'empêche d'être moniteur aussi souvent que de coutume, c'est que tu penses trop à l'argent qui t'en reviendrait. Cette pensée-là fait que tu es tout je ne sais comment durant les leçons, non point par l'envie de bien faire, mais par la crainte de ne pas avoir d'argent le dimanche.

JEAN-LOUIS. — C'est possible : autrefois je ne pensais pas aux dix sous du dimanche, et les choses allaient toutes seules. Je veux essayer de faire comme autrefois, de travailler seulement pour l'honneur ; l'argent viendra s'il peut.

Cette résolution une fois prise, Jean-Louis recouvra dès le lendemain la liberté d'esprit et l'attention qui lui avaient manqué les jours précédents. Comme Henri l'en félicitait, il avoua franchement la cause de ses précédentes distractions, en se plaignant de ce que l'argent gâtait tout.

HENRI. — « Oui, sans doute, il gâte tout pour ceux qui n'en savent point faire usage ou qui le prisent au-delà de sa valeur : pour les autres, ce n'est qu'une chose nécessaire, et qui peut même devenir la source de jouissances vraies et pures. Chacun doit tâcher d'en gagner, afin de n'être à charge à personne : mais ne voir dans son travail que le gain, c'est s'exposer à ne point mettre à ce travail, quel qu'il soit, tout le soin dont on est capable. L'amour du bien faire conduit seul à la perfection, et mérite seul à celui qui en est possédé une réputation que le moindre ouvrier est toujours envieux d'obtenir.

JEAN-LOUIS. — Pour cela, c'est vrai, monsieur Henri ! L'autre jour encore, Stang, le charron, me disait : « Vois-tu ces roues qui sont là ? on me les envoie de Lorient à raccommoder, quoiqu'à Lorient il ne manque pas de charrons ; mais c'est qu'on connaît le père Stang. Chacun sait qu'il met à sa besogne le temps qu'il faut pour la bien faire. Je gagne peut-être moins qu'un autre, mais aussi j'ai plus de renom ; et M. le commandant du port, qui me connaît, dit toujours quand il me voit : « *Le père Stang ! c'est un* ARTISTE *dans son genre : il travaillerait pour rien, plutôt que de donner de mauvaise besogne !* Si vous saviez, monsieur Henri, comme le père Stang se redresse quand il raconte cela !

ETIENNE. — Et il a raison : il conserve ainsi sa réputation d'honnête homme, en même temps que celle de bon ouvrier ; il y gagne encore d'être occupé, lorsque les autres charrons manquent d'ouvrage.

JEAN-LOUIS. — C'est drôle que les gens ne puissent pas se mettre dans la tête qu'il y a de toute façon, du plaisir et du profit à se bien conduire et à bien faire ! C'est un peu difficile, j'en conviens, ajouta-t-il en rougissant, parce que le regard de Henri et son sourire disaient bien des choses ; mais le poids qu'on a sur la conscience quand on a fait des sottises... oh ! c'est bien lourd ! »

Et Jean-Louis soupira. « Il y a encore, dit-il après un moment de silence, une autre chose bien lourde sur le cœur, c'est la peine de ceux qu'on aime !

HENRI. — Oui, mon enfant, mais comment peux-tu le savoir ?

JEAN-LOUIS. — Monsieur Henri, est-ce que je ne vois pas Marie-Anne et Hubert pleurer en cachette, quand ils pensent que bientôt ils vont quitter la maison ?

HENRI. — C'est de l'enfantillage : Lahénec demeure à deux pas, et la femme Eliant au Bas-Pontscorff ; quoiqu'en apprentissage, ton frère et ta sœur pourront nous venir voir tous les jours.

JEAN-LOUIS. — Ce n'est pas la même chose, monsieur Henri ! Et puis Jean-Louis hésita. Et puis, dit-il enfin, leur place et celle d'Etienne seront bientôt prises !

HENRI. — Je me suis promis d'avoir constamment près de moi cinq orphelins que j'élèverai, et auxquels je donnerai un état. Etienne va devenir l'apprenti de notre jardinier ; Hubert veut

8

être tisserand, Marie-Anne boulangère : l'âge est arrivé, pour tous les trois, de commencer leur apprentissage. Dans deux ans, Jacqueline, qui hésite entre le métier de repasseuse et celui de couturière, aura fait son choix ; enfin ton tour viendra.

— Oh! non, jamais, jamais! s'écria Jean-Louis, qui se jeta tout en larmes dans les bras de son bienfaiteur.

— Mais cependant, mon ami, reprit Henri avec émotion, il faudra aussi te faire un état.

JEAN-LOUIS. — Non, je resterai près de vous, pour vous aider dans vos bonnes œuvres, pour vous remplacer à l'école!... Est-ce que je ne vois pas comme tout cela vous fatigue? souvent vous ne pouvez plus parler, parce que vous vous épuisez de paroles pour nous instruire. Monsieur Henri, je ne suis pas riche comme vous ; je n'aurai jamais autre chose à donner que mon temps : prenez-moi en apprentissage!

— Mais n'es-tu pas en apprentissage ici? demanda Henri, touché de l'affection que lui montrait son élève.

JEAN-LOUIS. — Est-ce bien vrai? vous voulez bien faire de moi un maître d'école? Oh! quel bonheur, comme je vais travailler!... Je serai votre bras droit!... je ne vous laisserai rien à faire!... Monsieur Henri! que je suis content!... Non, je ne peux pas le dire!

HENRI. — Tu as donc du goût pour l'enseignement?

JEAN-LOUIS. — Oh! oui, monsieur Henri! C'est si beau de former des hommes!

HENRI. — Mais ce n'est pas une petite tâche! elle exige autant de patience que de dévouement.

JEAN-LOUIS. — Est-ce que je ne le vois pas bien?

HENRI. — Cette carrière, en outre, conduit rarement à la fortune.

JEAN-LOUIS. — Et l'honneur donc!

HENRI. — Un maître d'école de village ne jouit pas de grand renom.

JEAN-LOUIS. — N'en a-t-il pas toujours assez, monsieur

Henri, quand il obtient l'amitié de ses élèves et l'estime de leurs parents? »

Henri embrassa tendrement Jean-Louis, qui courut dire à sa mère que, si elle le voulait bien, il serait maître d'école.

« Est-ce que je ne veux pas tout ce que veut M. Henri! » s'écria Marie-Josèphe.

Mais Henri avait trop de délicatesse et de bonté pour empiéter sur les droits sacrés d'une mère. En toute occasion, il rappelait au souvenir de ses élèves qu'elle seule pouvait disposer de leur sort; et Marie-Josèphe, qui avait craint peut-être de perdre son autorité maternelle, trouvait ses enfants plus respectueux, plus soumis que jamais. Elle possédait leur confiance, et pouvait se glorifier hautement de l'instruction qu'ils acquéraient chaque jour. Elle n'avait pas à redouter de leur part les airs que prennent certains enfants, qui oublient que s'ils savent quelque chose, ils le doivent à leurs parents; que ceux-ci sont restés dans l'ignorance, parce que les moyens de s'instruire leur ont manqué, et que c'est en se privant de tout que ces bons parents ont assuré à des ingrats les bienfaits d'une instruction dont on ose ensuite faire usage contre eux.

Marie-Josèphe fut donc consultée sur les états différents que voulaient embrasser ses enfants, et Henri représenta à ceux-ci les avantages et les inconvénients de la carrière qu'ils avaient choisie.

« Monsieur Henri, répondit Etienne, ma seule ambition, à moi, c'est de remplacer un jour Pierre, le jardinier, quand il ne pourra plus travailler. Pourvu que je ne vous quitte pas, je serai toujours assez riche.

— Et moi aussi! s'écria Hubert. J'aime mieux être tisserand à Pontscorff qu'à Lorient. Ici, monsieur Henri, je serai utile, je le sens... oui, je le sens, parce qu'avec votre secours je ferai connaître à nos artisans les améliorations qui ont lieu tous les jours, et alors ils pourront gagner davantage, à moins qu'ils ne s'entêtent, comme des Bretons qu'ils sont, à suivre toujours le même chemin.

— Et moi de même, dit Marie-Anne à son tour. Si la femme Eliant veut me le permettre, à mes heures de loisir je donnerai les leçons d'écriture et de lecture aux petites filles des blanchisseuses du Bas-Pontscorff; elles n'ont pas le temps de venir ni à l'école.

— Embrassez-moi, mes enfants, s'écria Henri, les yeux mouillés des larmes de la joie. Puissent les élèves que vous formerez vous récompenser un jour comme vous me récompenserez aujourd'hui de mes soins pour vous! »

Marie-Josèphe prit des arrangements pour Etienne avec M. Arzanno; elle seule régla les conditions de l'apprentissage d'Hubert avec le tisserand Lahénec, et elle obtint, de la femme Eliant, que Marie-Anne serait nourrie dès la première année, et ne donnerait que quatre années de son temps.

Pendant tout le carême, les études furent poussées avec une grande sollicitude de la part de Henri. Il souhaitait que ceux de ses élèves qui allaient le quitter eussent pris, avant cette époque, une telle habitude de remplir utilement leurs loisirs, que cette habitude fût devenue pour eux un impérieux besoin.

Déjà Etienne commençait à travailler au jardin, parce que la saison avançait; il n'avait guère que la veillée à donner à la lecture et à l'écriture. Le livre passait de ses mains dans celles d'Hubert, puis dans celles de Marie-Anne, on revoyait en commun ce qu'on avait appris ensemble; on mettait en ordre ses cahiers, et tous ces préparatifs, qui annonçaient une séparation prochaine, répandaient souvent un nuage sur des visages jusqu'alors si gais.

Mais, la veille du départ pour Lorient, la joie reparut, et l'on s'occupa avec empressement d'empaqueter ses plus beaux habits, afin de briller aussi à la foire de Pâques.

M. Carnoet, que des affaires appelaient à Lorient, avait promis d'être du voyage; il arriva des derniers au Bas-Pontscorff, lieu du rendez-vous. Henri était déjà dans le bateau avec ses élèves.

« En avant! » s'écria le docteur quand il eut pris place sur le banc à côté d'Henri. Les bateliers levèrent leurs avirons, et le bateau commença à descendre la rivière de Scorff, qui présente dans ses détours sinueux des points de vue pittoresques, des rochers et des bois toujours solitaires.

XXV. — BEAUCOUP DE CHOSES EN PEU DE MOTS.

« Prends patience! dit tout à coup le docteur à Jean-Louis, qui s'informait à chaque instant si l'on n'allait pas bientôt arriver. La *traversée* est de trois heures, et il y a à peine un quart d'heure que nous sommes en route. Tu t'attends donc à bien t'amuser à Lorient?

— Oh! oui, monsieur le docteur! répondirent les cinq enfants d'une commune voix; et aussitôt un entretien animé s'engagea sur tout ce qu'ils allaient voir.

LE DOCTEUR. — Puisque vous avez à ce point l'amour des découvertes, et surtout des *machines*, je m'étonne qu'aucun de vous n'ait encore songé à en examiner une qui n'est pas des moins importantes ni des moins curieuses. A elle seule, pourtant, elle mérite autant d'admiration que toutes les autres ensemble. Vous ne trouvez pas de mots pour exprimer votre étonnement des inventions de l'homme, et l'homme lui-même n'attire pas un instant votre attention.

JEAN-LOUIS, *vivement*. — Oh! pardonnez-moi, monsieur le docteur! Un jour, je m'en souviens comme si c'était hier, je me promenais dans le jardin sans songer à rien. Voilà que tout à coup il me vient dans l'idée, que c'est drôle pourtant! qu'en mettant comme cela un pied devant l'autre, on puisse s'en aller à l'autre bout du monde et s'en revenir, sur la terre s'entend. Après cela, d'idées en idées, il m'en vint tant et tant, que je ne savais plus où j'en étais. Aussitôt j'allai prier M. Henri de nous raconter à tous comment l'homme est fait.

Le docteur. — A la bonne heure! continue.

Jean-Louis. — Alors M. Henri prit son livre d'histoire naturelle : il nous montra d'abord un squelette; ensuite un autre
squelette avec tous ses muscles; après cela un corps avec toutes
ses veines, tous ses nerfs... c'était presque comme une carte de
géographie...

Etienne. — Mais le plus curieux c'était le cerveau...

Hubert. — Et l'estomac donc! qui digère les aliments, et le
foie, où se fabrique la bile!...

Marie-Anne. — Et le cœur! le cœur, par où tout le sang
passe!...

Jacqueline. — Et les poumons. On dirait deux grands souf-
flets... Ça n'est pas beau à voir, et pourtant c'est beau en soi.

Jean-Louis. — Quand on pense qu'il se trouve de tout cela
dans le plus petit animal, qui n'est pas plus gros qu'une tête
d'épingle!... que ce petit animal peut *vouloir*, comme nous, et
qu'alors ses pattes font ce que sa tête a voulu!...

Le docteur. — As-tu songé à cela de toi-même?

Jean-Louis. — Non, monsieur le docteur : c'est M. Henri qui
m'a montré à faire des comparaisons...

Hubert. — Et des rapprochements. Cela m'a rendu meilleur
pour les animaux. Je comprends mieux à présent que c'est une
barbarie de les faire souffrir... Ces pauvres bêtes ont des mala-
dies, des infirmités, tout comme nous.

Le docteur. — Et elles n'ont pas, comme nous, une foule de
moyens de se distraire de leurs souffrances. Si Henri continue
d'être content de vous, l'hiver prochain, dans quelques-unes de
nos veillées, je vous donnerai des notions générales d'anatomie,
de physique, de chimie...

— Oh! quel bonheur! s'écrièrent les enfants.

Etienne. — M. Henri nous a déjà raconté des choses qui montrent combien tout cela est amusant. Dire qu'on ait eu l'idée de
décomposer la lumière, l'eau et l'air!...

Le Docteur. — Et de les recomposer, ou plutôt de modifier

un air malfaisant, au point de le transformer en air respirable.

JEAN-LOUIS. — Comment est-ce possible, Monsieur?

LE DOCTEUR. — Par exemple, des expériences nombreuses avaient fait reconnaître, dès longtemps, dans l'air que nous respirons, deux sortes de gaz principaux : ces mêmes expériences amenèrent à reconnaître plus tard qu'il n'en est qu'un seul, l'*oxygène*, qui soit propre à la respiration ; que l'air, après avoir pénétré dans nos poumons, en sort privé d'une grande partie de son oxygène, et chargé d'émanations animales ou *acide carbonique*; dès lors il fut plus facile de concevoir pourquoi l'air se trouvait vicié, corrompu, dans une chambre où étaient renfermées plusieurs personnes. Mais ce ne pouvait être assez que d'avoir trouvé le *pourquoi* de cette altération malfaisante, subie par l'air, il fallait découvrir un moyen de le purifier... et, comme l'*homme peut tout ce qu'il veut*, ce moyen a été découvert.

« Henri vous a parlé d'un gaz nommé *chlore*, employé au blanchiment de la pâte de chiffons non pourris. Guyton-Morveau imagina le premier de s'en servir pour *désinfecter* l'air dans les salles des hôpitaux et dans les chambres des casernes.

ETIENNE. — Mais, Monsieur, comment cela peut-il désinfecter l'air?

LE DOCTEUR. — Le chlore, mon ami, *dénature* les émanations animales dont l'air se trouve chargé en sortant de nos poumons ; les dénaturer, c'est les détruire ; et les détruire, c'est renouveler l'air, ou plutôt c'est transformer un air vicié en air respirable. La découverte de Guyton-Morveau, quoique admirable, n'avait cependant pas toujours un résultat heureux : on n'était point maître, avec ses flacons *désinfectants*, de faire usage du chlore dans les proportions nécessaires. Le chlore, à l'état de gaz, n'est pas *maniable* à volonté ; il s'en répandait trop d'abord, ce qui entraînait de graves inconvénients, et le chlore bientôt dissipé les émanations animales reprenaient le dessus.

» M. Labarraque, pharmacien à Paris, homme instruit autant que modeste et bon, a rendu à l'humanité un service inappréciable, par la découverte des *chlorures d'oxydes*.

» Le chlore se combine ou s'unit, si vous l'aimez mieux, avec les métaux et leurs *oxydes*, c'est-à-dire leur rouille ; cette combinaison a reçu le nom de *chlorures*. Les chlorures, étendues dans de l'eau, ne laissent que lentement se dégager le chlore qu'elles contiennent. Ce dégagement, lent et progressif, augmente si les émanations animales deviennent plus considérables ; celles-ci, à leur tour, se trouvent en partie absorbées, à mesure qu'elles se forment, par la chaux, la soude ou la potasse, qui font, je viens de vous le dire, la base des chlorures ; et de ces deux effets, qui ont lieu en même temps, il résulte que l'air respiré par un grand nombre de personnes, rassemblées dans une même salle, demeure constamment respirable.

JEAN-LOUIS. — Quand on entend cela, on est fier d'être homme !

HENRI. — Et compatriote de M. Labarraque.

LE DOCTEUR. — Les applications qu'on peut faire des chlorures de soude, ne se bornent pas à la purification de l'air. Les chlorures servent encore à soulager les misères de l'humanité, et à préserver des dangers de la contagion ceux qui se dévouent à soigner les malades.

» M. Labarraque doit donc occuper, dans l'estime des Français, la même place que Rabaud de Saint-Etienne, auquel les Anglais ont prétendu enlever l'honneur de la découverte de la vaccine. Rabaud de Saint-Etienne eut le premier l'idée, à Montpellier, en 1781, de recueillir du *vaccin* sur les vaches attaquées de la maladie appelée *picotte* en ce pays, et de s'en servir pour *inoculer* la petite-vérole. Heureux d'avoir diminué les maux de ses semblables, Rabaud de Saint-Etienne ne songea point à se prévaloir d'une découverte si précieuse : la gloire en est restée bien injustement au médecin anglais Jenner. C'est ce qui était arrivé déjà, et c'est ce qui arrivera trop souvent encore à la plupart des inventeurs. Presque tous sont pauvres ou modestes : on les dépouille impunément d'abord pour s'approprier leurs découvertes ; mais tôt ou tard la justice, quelquefois refusée à l'homme vivant, est rendue enfin au nom de celui qui n'est plus. »

Lorsque au bout de trois heures passées à descendre la Scorff, on arriva en vue du pont de Kerentré, tous les enfants s'écrièrent ; « Ah ! monsieur Henri, quel grand pont ! »

Jamais, jusqu'à ce jour, ils n'avaient vu d'autres ponts que ceux de Quimperlé et de Pontscorff, jetés sur des rivières peu larges et peu profondes. Mais celui-ci, placé à l'embouchure de la Scorff, à l'endroit même où elle mêle ses eaux à celles de la mer, et correspondant, à gauche, à la route de Hennebon, à droite, au pied de la chapelle de Saint-Christophe, leur parut une merveille. Au-delà, et entre les arches, ils apercevaient la vaste mer, et, dans le lointain, les mâts des vaisseaux qui se détachaient sur le ciel rougi par les rayons du soleil couchant.

« Il y a quelques années, dit M. Carnoet, nous avions ici à la place de ce pont un grand bateau plat nommé *bac*. Longtemps on a hésité à établir un pont en cet endroit, sans cesse exposé au flux et au reflux de la mer. Mais nous devenons plus habiles, et par conséquent plus hardis de jour en jour ; aussi maintenant ne fait-on guère plus de façon pour bâtir un pont que pour bâtir une maison, et quelque jour celui-ci sera remplacé par un pont de pierre.

HUBERT. — De pierre ? Comment donc fait-on pour bâtir dans l'eau et sous l'eau ?

LE DOCTEUR. — Les méthodes diffèrent selon les lieux et le fond sur lequel doivent poser les piles. Pour ne parler que d'une de ces méthodes, je te dirai qu'on enfonce dans la rivière quatre énormes pieux, à une distance égale l'une de l'autre. Dans les intervalles, on met encore des *pilots*, qu'on enfonce de même jusqu'au *refus*, c'est-à-dire jusqu'à ce qu'ayant rencontré un sol bien solide, ils ne puissent entrer plus avant. Entre les pilots, on place et on enfonce des planches épaisses, qu'on joint le

mieux possible, et l'on pompe l'eau contenue dans cette espèce
de caisse. Quand le terrain a été mis presque à sec, on pioche,
on creuse pour enlever toute la partie molle, en continuant à
faire jouer la pompe ; enfin on commence à bâtir solidement
avec du mortier de *chaux hydraulique*, naturelle ou *artificielle*.

Cette chaux que les procédés de la chimie ont donné les
moyens d'imiter, a la propriété de durcir promptement à l'air et
de ne point se détériorer dans l'eau. L'ouvrage avance cependant ; la pile s'élève et forme une masse de plus en plus pe-
sante, en état de résister au courant comme à l'effort des flots.
Une autre pile, et encore une autre s'élèvent en même temps.
Bientôt les arches s'arrondissent et réunissent les piles, les côtés
du pont se garnissent de trottoirs et de balustrades en fer ; le
milieu se couvre de sable et de pavé ; voitures et piétons vont
alors d'une rive à l'autre, sans courir le risque de se mouiller
les pieds ou de chavirer avec un bac trop pesamment chargé...
Mais nous voici arrivés. Allons, enfants, ouvrez bien les yeux
et les oreilles ! »

La recommandation de M. Carnoet était tout-à-fait inutile ;
car les élèves de Henri étaient aussi avides de voir que d'entendre.

A peine débarqués, ils se mirent à regarder curieusement
cette route de Kerentré, qui leur paraissait d'une largeur déme-
surée. Un frisson involontaire s'empara d'eux en passant
la porte de la ville, et ils se crurent dans un pays de féerie,
en voyant les jolies maisons qui bordent des deux côtés la
Grande-Rue. Mais lorsque arrivés à la *Bôve*, promenade très-
fréquentée de Lorient, ils s'arrêtèrent avec Henri devant une
belle maison, tous se sentirent saisis d'un accès de timidité extrême.

Madame Keralio, sœur de la mère de Henri, avait exigé que
son neveu lui amenât, lors de la foire de Pâques, la familille
qu'il avait adoptée. Vainement ses enfants et elle mirent tout en
usage pour faire causer les jeunes sabotiers. Leur maintien

gauche, leur air embarrassé, leur silence obstiné, durent con-
firmer madame Keralio et sa famille dans la croyance, peu
flatteuse pour eux, que c'étaient encore des *sauvages* : aussi ce
fut avec plaisir que Henri vit finir cette soirée. La timidité bien
naturelle, mais extrême cependant de ses élèves, ne leur avait
pas permis d'y jouer un beau rôle.

Le lendemain, ayant acquis la certitude que personne ne son-
geait à se moquer d'eux, et remarquant qu'on leur témoignait,
au contraire, beaucoup de bienveillance, ils suivirent le jeune
Edouard Keralio. Edouard s'était chargé de leur faire voir la
ville, sous la conduite de son précepteur.

Tous revinrent de cette promenade dans un enchantement
impossible à peindre. Ils avaient fait la rencontre de M. Carnoet
et d'un de ses amis : ces messieurs étant allés au port avec eux,
les avaient conduits dans les chantiers de construction,
dans les magasins, sur un vaisseau de guerre, et enfin à la
tour. Là, pour la première fois, les élèves de Henri avaient
joui des merveilles que produisent les longues-vues et les té-
lescopes.

Ce que les enfants du sabotier ne dirent pas à Henri, mais ce
qu'il apprit de M. Carnoet, c'est qu'on s'était beaucoup étonné
de leurs questions, qui annonçaient des connaissances variées,
quoique superficielles, et que personne ne se serait attendu à
trouver dans de petits paysans.

« En songeant à toi, ajouta le bon docteur, je jouissais de
leurs questions, de leurs réponses à celles qui leur étaient
adressées, et de la curiosité qu'ils témoignaient pour tout ce qui
frappait leur vue. Tu auras, je crois, plus d'une explication à
donner.

— Oh ! tant mieux ! s'écria Henri. Mon seul but, en leur faisant faire ce voyage, a été de leur montrer combien ils ont encore à apprendre. Puisse l'attrait d'une vive curiosité les exciter à continuer eux-mêmes une instruction que je n'ai pu
qu'ébaucher pour les trois aînés ! Le jour viendra où ils me

remercieront du fond du cœur de leur avoir inspiré cet amour de l'étude qui fait supporter les misères de la vie, qui encourage dans des travaux souvent pénibles, en qui ouvre, en tout temps, à tout âge, une source si féconde de jouissances toujours nouvelles et toujours pures ! »

XXVI. — GUTTEMBERG, FUST ET SCHŒFFER.

Tant d'objets nouveaux frappaient à la fois les regards des élèves de Henri, que, pendant plusieurs jours, ils en furent comme étourdis ; mais, par l'attention marquée que chacun d'eux apportait à telle chose plutôt qu'à telle autre, il était facile de reconnaître leur goût dominant. Ainsi, Etienne retourna plusieurs fois visiter les serres et le jardin du commandant du port ; Hubert passait deux heures tous les matins dans la fabrique de M. Cleder. Ne cessant de s'extasier en voyant l'activité de la navette volante, il adressait mille et mille questions aux ouvriers tisserands qui préparaient la chaîne pour les basins, les tissus croisés et ouvrés. Marie-Anne avait fait connaissance avec les deux boulangers de la ville ; elle s'informait curieusement de tout ce qui avait rapport à la fabrication du pain. Jacqueline admirait tour à tour la forme des robes, le beau linge, bien repassé, des dames. Quant à Jean-Louis, on était bien certain qu'il s'arrêterait partout où il trouverait un papetier, un libraire, un débitant, en plein air, d'almanachs et de chansons.

Plusieurs choses cependant attiraient constamment les regards des cinq enfants, lorsqu'ils allaient à la foire ; c'étaient les boutiques de jouets, celles de bijouterie, et l'étalage si brillant des marchands de porcelaines et de cristaux. Ils éprouvaient un certain plaisir à pouvoir expliquer à Edouard Keralio comment se fabrique tel ou tel objet. Leur amour propre jouissait alors, parce qu'ils se sentaient plus instruits qu'Edouard, qui pourtant se trouvait placé de manière à acquérir, sans beaucoup de peine, des connaissances aussi intéressantes que curieuses, et leur gratitude pour Henri devenait plus vive. C'était à lui, à lui seul, qu'ils rapportaient les jouissances toutes nouvelles de l'amour-propre satisfait.

Henri sortait rarement avec ses élèves. Il voulait les accoutumer insensiblement à ne pas l'avoir toujours près d'eux, et à se tirer d'affaire sans son secours. Mais il demanda à M. Carnoet de lui donner un jour pour les conduire ensemble à l'imprimerie de la préfecture.

Il avait été convenu qu'Edouard Keralio et ses sœurs seraient de la partie, et la bande joyeuse arriva à l'imprimerie dans les meilleures dispositions pour regarder avec attention tout ce qui s'offrirait à ses yeux.

Jusqu'à ce jour les enfants du sabotier, distraits par mille et mille objets divers, n'avaient remarqué qu'en passant la différence qui existe entre les caractères écrits et les caractères imprimés. Henri avait retardé ce qu'il voulait leur dire à ce sujet, désirant que tous les cinq vissent d'abord par eux-mêmes comment on obtient les copies, multipliées à l'infini, de ces ouvrages qui déjà leur avaient procuré tant de plaisir.

Les presses et la dextérité des tireurs fixèrent d'abord l'attention des enfants. Ils restèrent assez longtemps en admiration devant l'ouvrier qui, les mains armées d'un rouleau, couvrait d'encre la *forme* remplie de caractères, et devant celui qui plaçait le papier humide dans un cadre qu'il rabattait sur la forme. Ils étaient stupéfaits de la promptitude avec laquelle, au moyen d'un tourniquet, on faisait glisser le tout sous la presse, d'où ressortait aussitôt cette espèce de tiroir ; à l'instant le châssis était relevé ; la feuille imprimée, d'un côté seulement, était enlevée et remplacée par une autre, tandis que la première feuille allait passer sur une autre forme pour recevoir, de l'autre côté, les pages correspondantes aux premières.

Bien plus grande encore fut leur surprise, quand, dans une salle voisine, ils s'arrêtèrent devant une machine qui recevait la feuille blanche des mains d'un enfant, et au bout de quelques secondes la rendait imprimée des deux côtés, en bien moins de temps qu'il n'en avait fallu aux deux hommes pour imprimer une feuille d'un seul côté à la presse à bras.

De l'atelier du tirage, on se rendit dans la salle où travaillaient les *compositeurs*. Ici les enfants du sabotier regardèrent sans rien comprendre à ce qu'on y faisait. Chaque compositeur, debout devant une espèce de pupitre divisé en une multitude de compartiments, jetait de temps en temps un coup d'œil sur des feuilles manuscrites, maintenues à la portée de sa vue dans une petite pince de bois. Il tenait à la main un *composteur*, dans lequel il rangeait les lettres qu'il venait de prendre, dans les différentes casses, avec une dextérité incroyable. Quand plusieurs lignes étaient faites, il les posait sur une planche garnie de rebords tout autour, mettant entre chaque ligne une règle de plomb pour les *espacer*. D'autres compositeurs étaient occupés à *mettre en pages*, c'est-à-dire à placer les lignes composées dans le châssis de fer, nommé *forme*. La forme contient une feuille d'impression de huit, de douze, de seize ou de trente-deux pages, suivant le *format* donné à l'ouvrage. D'autres compositeurs encore, tenant une *épreuve* corrigée, c'est-à-dire une première feuille imprimée sur laquelle se trouvaient indiquées à la main les fautes commises dans la composition, recherchaient soigneusement ces fautes; ils suivaient ligne par ligne, et substituaient les lettres nécessaires à celles qui avaient été employées par mégarde. Un peu plus loin, près d'une fenêtre, de jeunes apprentis, étaient occupés à *trier* les lettres des formes *brisées;* on appelle ainsi les formes qui, ayant fourni le tirage qu'on voulait faire, doivent être détruites. On recueille un à un les caractères dont elles sont remplies, et l'on met ensemble tous les *a*, dans une autre casse tous les *b*, etc. On a soin de ne point mêler les *petites lettres* aux lettres *majuscules*, les caractères *romains* aux caractères *italiques*.

« Eh bien! dit M. Carnoet, que pensez-vous de tout cela?

— Oh! j'ai déjà vu imprimer, répondit Edouard d'un air capable.

— En ce cas, reprit Henri, tu peux nous donner l'explication de ce que nous voyons ici. »

Edouard rougit et répliqua que cette explication serait trop longue.

« Nous avons le temps, dit encore M. Carnoet.

— Mais cela se voit de reste... Ah! tenez, voici le prote, M. Mériadec; il vous expliquera tout ce que vous voudrez. »

M. Mériadec, qui connaissait le docteur et Henri, ayant été averti de leur arrivée, venait en effet leur offrir ses services. Henri lui présenta ses élèves. M. Mériadec regarda en souriant les cinq jeunes paysans, dont l'air intelligent parut lui plaire, et, avec une complaisance tout aimable, il répondit aux questions que sa politesse, sa bienveillance, excitèrent les élèves de Henri à lui adresser tour à tour.

On passa près de trois heures à l'imprimerie; ensuite on alla à l'atelier des plieuses, des brocheuses, et enfin l'on sortit. Toutes ces jeunes têtes étaient pleines d'idées nouvelles; tous les cœurs étaient gonflés de cette joie que donne toujours le plaisir d'avoir pu comprendre une de ces combinaisons de l'esprit humain qui l'élèvent autant au-dessus de la terre, que l'ignorance le rabaisse au-dessous des animaux brutes dont elle est peuplée.

M. Carnoet et Henri jouissaient presque également de l'enivrement où paraissaient être les enfants du sabotier. Henri leur apprit, au retour, combien de travaux et d'essais avaient été faits, avant qu'on fût parvenu à porter l'art de l'imprimerie au point de perfection où nous le voyons aujourd'hui.

« Guttemberg, Fust et Schœffer, disait Henri, doivent être placés au nombre des bienfaiteurs de l'humanité. Le premier consacra toute sa fortune à des tentatives infructueuses pour lui, mais qui mirent sur la voie. Les gravures grossières qu'on exécutait alors sur des planches de bois, lui donnèrent l'idée de remplacer les figures par des lettres et par des mots entiers. Les difficultés ne purent le rebuter. S'étant ruiné sans avoir encore réussi dans son entreprise, il chercha des associés. Il surmonta les dégoûts, les obstacles, et il trouva enfin à Mayence, dans l'orfèvre Fust, un homme capable de comprendre tout ce que renfermait cette idée-mère qui devait, par la suite, enfanter des prodiges. Tous deux réussirent à graver sur bois et à imprimer un alphabet, ensuite une petite grammaire latine, mais tous deux sentaient combien il manquait encore à une invention qui entraînerait dans des frais énormes pour chaque ouvrage qu'on voudrait imprimer.

» Pendant qu'ils faisaient des essais séparément ou ensemble, cherchant le moyen d'avoir des caractères *mobiles*, Schœffer, simple domestique de Fust, travaillait de son côté, mais en secret. Le premier, il eut l'idée de *couler* des mots entiers. Il songea ensuite qu'il vaudrait mieux faire des caractères séparés, qu'on réunirait pour en composer des mots à volonté, et, avec ces mots, des lignes, des pages entières. Au lieu de s'attacher à la gravure sur bois, il essaya de graver, sur des poinçons de fer, des lettres *en relief;* avec ces poinçons il *grava* en creux des morceaux de cuivre, en frappant sur le manche du poinçon à coup de marteau : le cuivre ayant pris l'empreinte du poinçon, Schœffer coula du plomb dans ces *moules* de son invention. Jugez de sa joie quand il vit qu'il avait réussi!... Ces premiers essais étaient bien grossiers sans doute; mais, la méthode était découverte. Tout devient un jeu dès qu'il ne s'agit plus que de perfectionner l'exécution.

» Le jour de la fête de l'orfèvre Fust, Schœffer lui présenta un alphabet complet en caractères mobiles. Maître et serviteur se jetèrent dans les bras l'un de l'autre, et Schœffer devint le gendre de Fust, à la gloire de tous les deux. Fust et Schœffer publièrent, de concert avec Guttemberg, une Bible latine, dont l'impression coûta des sommes énormes ; car si l'art de l'imprimerie était enfin *trouvé*, cet art était encore dans son enfance.

Un autre ouvrage succéda à la Bible; mais Guttemberg se retira de l'association, on ne sait trop pourquoi. Les imprimeurs continuèrent sans lui leurs travaux. Déjà ils avaient fait des progrès remarquables, pour la gravure des poinçons, des moules, et pour la fonte des caractères; le *tirage* commençait à s'exécuter des deux côtés de la feuille, tandis que précédemment on n'imprimait que d'un côté; ce qui avait obligé jusqu'alors à coller l'une contre l'autre les pages restées blanches. D'après ce que vous avez vu aujourd'hui, mes enfants, il vous est facile de comprendre tout ce qu'il restait à imaginer, après avoir *inventé* les caractères mobiles.

» La guerre vint, avec ses fureurs, porter un coup terrible à cette industrie naissante. En 1462, Adolphe, comte de Nassau, s'empara de Mayence; la ville fut livrée au pillage. Fust, Schœffer, leurs ouvriers, se dispersèrent dans l'Europe, emportant avec eux un trésor que leur mort seule pouvait anéantir. Ainsi que la fourmi courageuse, qui reconstruit ce que le pied brutal de l'homme vient de détruire, les inventeurs de l'imprimerie, les ouvriers qu'ils avaient formés, travaillèrent sur nouveaux frais. Cet art, auquel l'homme doit de si nobles jouissances; cet art qui donne *un corps* à la pensée et la transmet d'un bout du monde à l'autre, parut sortir plus brillant encore des cendres mêmes des bûchers : la superstition, le fanatisme, unis à l'ignorance et à la barbarie, y avaient conduit, en quelques contrées, ceux qui venaient de les enrichir d'une des inventions les plus belles qu'on ait jamais vues éclore du cerveau humain.

JEAN-LOUIS. — Comment! on a brûlé autrefois des imprimeurs?

LE DOCTEUR. — Oui, mon enfant. On a brûlé eux et leurs livres : les premiers avaient été condamnés comme sorciers; les seconds, comme l'œuvre du démon.

ÉTIENNE. — Fallait-il que ces gens-là fussent bêtes!

HENRI. — Ils étaient ignorants; ils aimaient l'ignorance, et ils redoutaient tout ce qui, en éclairant la raison des peuples, pouvait donner à chacun les moyens de développer son intelligence, de comprendre que l'homme n'est point né pour être esclave et pour se voir traité comme une bête de somme.

HUBERT. — Mais avant l'invention de l'imprimerie, on savait lire et écrire; ainsi...

LE DOCTEUR. — Ces deux talents n'appartenaient qu'à un petit nombre d'individus. Avant l'invention du papier, rien n'était borné comme l'usage qu'on pouvait faire de l'écriture.

MARIE-ANNE. — Ah! je suis bien curieuse de savoir sur quoi l'on écrivait quand on avait pas encore de papier!

LE DOCTEUR. — Sur des peaux préparées, sur des étoffes, ou bien sur la membrane intérieure de certains arbres. Cette membrane était appelée en latin *liber*, d'où est dérivé le mot *livre*. L'écriture sur les étoffes, sur les peaux préparées, sur le *liber*, s'exécutait au pinceau. On avait encore des tablettes enduites de cire, ou bien des lames de plomb et de cuivre, sur lesquelles on gravait l'écriture avec des poinçons aigus par un bout, aplatis à l'autre extrémité; le bout aplati servait à effacer quand on avait mis un mot pour un autre. Vous voyez qu'avec des moyens si bornés on ne pouvait aller loin ni multiplier beaucoup les copies des manuscrits. Plus tard, lorsqu'on sut fabriquer le papier et lorsqu'on eut l'idée de substituer les plumes aux pinceaux, aux roseaux, aux poinçons, les copies des bons ouvrages devinrent plus nombreuses. Mais quelle différence encore entre ce que pouvaient faire cinq ou six cents copistes, et les produits de l'imprimerie, même la plus grossière!

JEAN-LOUIS. — C'est vrai, au moins! Oui, oui, je conçois mieux à présent tout ce que nous devons aux inventeurs de l'imprimerie. Pour ma part, je leur ai bien de la reconnaissance!

HENRI. — Tu en dois aussi à ceux qui ont perfectionné cet art. Leurs travaux ont concouru et concourent sans cesse à le rendre plus facile, moins coûteux à répandre ainsi les connaissances, les lumières, jusque dans les classes malheureuses.

Aujourd'hui les pauvres, grâce aux progrès de l'imprimerie, peuvent participer à des plaisirs trop longtemps réservés aux riches, qui, pour la plupart, n'en connaissent guère le prix; car il en est beaucoup dont les bibliothèques sont encombrées de livres qu'ils n'ouvrent et ne prêtent jamais. »

XXVII. — RETOUR AU VILLAGE.

Près de quinze jours s'étaient passés fort agréablement à Lorient, lorsque M. Arzanno, qui avait promis de venir chercher son neveu, arriva chez madame Koralio. Il fut accueilli par tout le monde, et surtout par les enfants du sabotier, avec la joie la plus vive. En retrouvant, aux marchés précédents, leurs connaissances de Pontscorff, ils avaient plus d'une fois témoigné hautement qu'ils seraient bien contents de retourner près de leur mère; déjà ils avaient en eux ce sentiment qui fait préférer *petit chez soi* aux agréments dont on peut jouir chez les autres. La bonté de madame Koralio, la complaisance de sa jeune famille, avaient eu constamment quelque chose de supérieur, dont les enfants du sabotier s'étaient parfois sentis blessés, sans trop se rendre compte de la cause de cette sensation désagréable.

La veille du départ, M. Arzanno voulut les conduire au spectacle. Ils ne témoignèrent pas, à la vue des merveilles de la scène, autant d'étonnement que vous pourriez le croire. Prévenus d'avance que rien de ce qui s'y passait n'était vrai, et se souvenant de l'impression désagréable produite sur eux par la conversation et les manières de l'Auvergnat, le lendemain du jour où les tableaux de la lanterne magique les avaient tant amusés, ils firent peu de questions. Leur esprit, d'ailleurs, était préoccupé de la pensée de leur mère et de leur village.

Le jour suivant, on s'élança gaîment dans le bateau, qui prit bientôt le large, et entra dans la rivière de Scorff, au grand contentement des élèves de Henri, et de Henri lui-même.

« Vous êtes donc bien joyeux de revenir à Pontscorff? demanda M. Arzanno.

— Oh! oui, Monsieur! s'écrièrent-ils tous.

— Il y a là-dedans, ajouta Jean-Louis en appuyant la main sur un gros ballot de livres, de quoi nous amuser longtemps!

ÉTIENNE. — Vous savez, monsieur le docteur? nous allons avoir, à Pontscorff, un cabinet de lecture.

LE DOCTEUR. — Un cabinet de lecture! Eh! pourquoi faire? personne ne sait lire.

HENRI. — Pardonnez-moi, monsieur le docteur; un grand nombre de nos enfants savent lire : aussi je veux fonder, dès cette année, une bibliothèque populaire où les pauvres puiseront sans frais, et les gens aisés à peu de frais, les moyens d'entretenir une instruction qui deviendrait inutile sans ce secours. »

M. Arzanno et M. Carnoet tendirent à la fois la main à Henri, et le docteur s'écria : « Tu as la vue plus longue que je ne croyais.

M. ARZANNO. — Il y a longtemps que mon neveu mûrit ce projet.

HENRI. — Du moment que l'instruction sera plus généralement répandue en France, on y trouvera, comme en Angleterre, des amis de l'humanité tout disposés à faire de grands sacrifices pour étendre cette instruction. Ils voudront offrir aux cultivateurs, aux ouvriers, de bons ouvrages, des ouvrages instructifs, dont ceux-ci puissent se procurer la lecture à leurs moments de loisir. J'ai compté sur vous, monsieur le docteur, et je compte aussi sur M. le maire, pour m'aider à augmenter le nombre des volumes de ma bibliothèque populaire.

LE DOCTEUR, *vivement*. — Et tu as eu raison de compter sur moi! Oui, mon ami, depuis longtemps je me suis dit que ce n'est pas faire assez pour le pauvre que de lui donner l'amour de l'étude; il faut songer à lui assurer les moyens de l'entretenir. Tandis que, pour nous, s'ouvrent les bibliothèques publiques et particulières, les athénées et les salons de lecture, pour lui tout est formé. Ses heures ne sont point celles où l'on peut aller aux bibliothèques publiques; sa bourse n'est pas assez bien garnie pour qu'il lui soit possible de louer des livres, et les ouvrages que lui offrent les cabinets de lecture ne sont pas au nombre de ceux dont il aurait besoin... Tu es un brave jeune homme, Henri !... Qu'as-tu choisi pour ouvrages de fonds ?

HENRI. — Plusieurs dictionnaires, entr'autres celui de l'Industrie et le Dictionnaire technologique; enfin une collection de voyages.

JEAN-LOUIS. — Ah ! monsieur le docteur, comme il y a de jolies choses et des choses curieuses dans tous ces livres-là ! J'y ai vu, les belles expériences de *monsieur* Franklin sur l'*électricité*.

ETIENNE. — Et les pommes de terre donc ! n'a-t-il pas fallu employer la ruse pour les faire cultiver en France !

JACQUELINE. — Ah ! conte-nous cela, Etienne !

ETIENNE. — Je ne m'en souviens pas trop clairement. Si monsieur Henri voulait avoir la complaisance de nous raconter cette histoire ?

HENRI. — Volontiers. Personne, en ce pays, ne voulait se prêter à multiplier, par la culture, les pommes de terre; on les regardait alors comme bonnes, tout au plus, pour nourrir le bétail. En vain le gouvernement assurait des *primes*, des récompenses aux cultivateurs; ceux-ci s'obstinaient à ne point vouloir semer des pommes de terre dans leurs champs. Parmentier, qui, le premier, fit connaître en France l'utilité de cette plante, voyant que ni raisonnements, ni encouragements, ne pouvaient vaincre le préjugé général, imagina de faire garder par des soldats un champ de pommes de terre qui lui appartenait : on crut alors que c'était une plante précieuse. Les soldats avaient l'ordre de ne point faire trop bonne garde : la récolte entière fut volée. Le bruit s'en répandit : on commença à se dire l'un à l'autre qu'apparemment les pommes de terre avaient de la valeur; que ceux qui ne voudraient pas en manger, trouveraient à les vendre, et en 1776, la disette s'étant fait

sentir, on reconnut enfin que cette culture n'était pas à dédaigner. C'est seulement à cette époque que les pommes de terre
ont pris faveur en France ; tandis que, depuis bien des années,
on en faisait une grande consommation en Italie, en Allemagne
et en Angleterre.

JEAN-LOUIS, *après avoir un peu hésité*. — Monsieur Henri,
est-ce qu'il peut être permis de *tromper* les hommes, même
pour leur bien ?

HENRI. — Tromper est toujours tromper. Peut-être un autre
moyen n'eût-il pas réussi à Parmentier, dont la mémoire est
celle d'un homme loyal. Mais le but qu'on se propose, quel qu'il
soit, ne peut jamais excuser l'emploi de la ruse. Cet exemple
vous montre surtout que l'ignorance livre les hommes pieds et
poings liés au savant, ou bien au charlatan, revêtu seulement
des *apparences* de la science. Le premier, comme Parmentier,
voyant les raisonnements échouer, ne recourut à la ruse que
dans des intentions louables en elles-mêmes : l'empirique, le
charlatan ou le fripon, l'emploie pour arriver à ses fins.

M. ARZANNO. — Aussi la plus vive reconnaissance est-elle due
aux hommes qui ont osé, les premiers, penser et dire que l'instruction pouvait et devait être répandue jusque dans ce qu'on
était convenu d'appeler *les dernières classes* de la société ; que
le laboureur et l'ouvrier trouveraient le temps de lire, et liraient
dès qu'on leur aurait appris à lire ; qu'ils seraient capables de
goûter les plaisirs de l'instruction dès qu'on aurait commencé à
les instruire. Pestalozzi, en Suisse ; Lancastre, en Angleterre ;
Paulet, en France, ont ouvert la route où l'on a marché depuis.

Jean-Louis, qui avait écouté jusqu'alors M. Arzanno en tenant les yeux attachés sur lui, détourna vivement la tête, et
Henri, près duquel il était assis, vit deux larmes rouler le long
de ses joues. Henri attira son élève contre sa poitrine, et l'enfant
s'écria d'une voix entrecoupée : « Je vous le promets, monsieur
Henri !... Oui, je serai pour les malheureux ce que vous avez
été pour nous !

— Et moi aussi! ajoutèrent les autres enfants avec une vive
émotion.

— Et j'ai pu me plaindre si longtemps de mon sort! dit Henri
avec feu. Et j'ai pu détester cette vie, que mes infirmités semblaient changer pour moi en un lourd fardeau!...

Tous les yeux étaient humides, même ceux des bateliers témoins de cette scène; car ils cachaient, sous une écorce rude,
une âme capable de comprendre les belles émotions de l'âme.

— Allons, allons, dit le docteur, séchons vite nos larmes,
Marie-Josèphe nous attend, j'en suis sûr, au Bas-Pontscorff;
que dirait-elle, en vous voyant arriver avec les yeux tout
rouges! Elle croirait que vous revenez à regret vers elle.

— A regret!... s'écrièrent les élèves de Henri. Revenir à regret auprès de notre mère et dans notre village!... oh! non,
personne ne pourrait le croire!

— Enfants, reprit M. Carnoet après un moment de silence, la
carrière du bien est ouverte devant vous. Henri a su aplanir
les premières difficultés; si maintenant vous vous écartiez du
droit chemin, vous seriez doublement condamnables!

— Oui, doublement condamnables! répéta M. Arzannt; car
déjà votre esprit est assez éclairé pour comprendre qu'il peut
s'éclairer encore; car déjà vous avez assez connu les plaisirs de
l'intelligence, pour savoir combien ils sont supérieurs à tous les
autres. Le manque de temps ne pourrait être une excuse à
l'abandon de ces occupations, qui ne réclament que vos loisirs.

— De même que le manque de fortune, ajouta Henri, n'est
jamais un obstacle à la bienfaisance pour celui dont le cœur est
bon. Il est tant de moyens d'être utile à ceux qui souffrent!...
Mes enfants, la bienfaisance et l'étude satisfont les besoins les
plus impérieux de l'âme... Oh! puissiez-vous savoir quelque
jour tout ce que l'une et l'autre donnent de bonheur!

FIN.

TABLE

FIN DE LA TABLE.

Limoges. — Imp. E. Ardant et Cⁱᵉ.

Original en couleur

NF Z 43-120-8

L'AMÉRIQUE DU NORD

WILLIAM CLARKE & Cie

PAR E. PARÈS

LIMOGES

EUGÈNE ARDANT ET Cie, ÉDITEURS.

www.ingramcontent.com/pod-product-compliance
Lightning Source LLC
Chambersburg PA
CBHW070848030726
47504CB00005B/1263